SPRING

野

更具体地生长

All This Wild Hope

"您不用依靠这个世界上的任何人，
不用理会他们的特点或需求，
没有人阻碍您到广阔和未知中去。
那或许会很艰苦，但又会多么美好，多么自由。"

"对某些人来说，
卑微就是人生的最后一间避难所。"

Robert Walser
1878—1956

DER GEHÜLFE

助理

Robert Walser

[瑞士] 罗伯特·瓦尔泽　著

顾牧　译

GUANGXI NORMAL UNIVERSITY PRESS
广西师范大学出版社
·桂林·

图书在版编目(CIP)数据

助理 / (瑞士) 罗伯特·瓦尔泽著; 顾牧译. —— 桂
林: 广西师范大学出版社, 2023.11
　　ISBN 978-7-5598-6275-4

　Ⅰ.①助… Ⅱ.①罗… ②顾… Ⅲ.①长篇小说-瑞
士-现代 Ⅳ.①I522.45

中国国家版本馆CIP数据核字(2023)第149229号

ZHULI
助理

作　　者: (瑞士)罗伯特·瓦尔泽
责任编辑: 彭　琳
特约编辑: 苏　骏　夏明浩
装帧设计: 汐　和　at compus studio
内文制作: 常　亭

广西师范大学出版社出版发行

广西桂林市五里店路 9 号　邮政编码: 541004
网址: www.bbtpress.com
出版人: 黄轩庄
全国新华书店经销
发行热线: 010-64284815
北京华联印刷有限公司印刷
开本: 787mm×980mm　1/32
印张: 11　　　　字数: 143 千
2023 年 11 月第 1 版　2023 年 11 月第 1 次印刷
定价: 66.00 元

如发现印装质量问题，影响阅读，请与出版社发行部门联系调换。

一天早上八点，一栋孤零零的、看着挺漂亮的大房子门前站着个年轻人。天在下雨，站在门前的人心想："我竟然随身带了伞，真是有点出乎意料。"毕竟他之前从来就没有过伞。他的一只手直直地垂着，拎了个棕色的箱子，最廉价的那种。这个看起来刚刚长途跋涉到这里的人面前挂着块瓷漆牌子，上面写着：C. 托布勒，技术办公室。他又等了一小会儿，似乎要思考些其实无关紧要的事，随后才按响了门铃。有人来开了门，看模样应该是个女佣。

"我是新来的雇员。"约瑟夫说，约瑟夫是他的名字。女佣请他进来，这边，她指了一下，让他下楼去办公室。主人马上就来。

通往地下室的台阶像是给鸡设计的，而不像给人走的。约瑟夫下了楼，紧挨右手边就是技术办公室。他等了一会儿，门开了。通过踏在木楼梯上坚定的脚步声，以及开门声，约瑟夫已经判断出来，这就是主人。来人证实了他笃定的预判：的确是托布勒——这栋房子的主人，工程师托布勒先生。托布勒先生瞪着眼睛，一副很生气的样子，而且他的确很生气。

"为什么，"他用谴责的眼神盯着约瑟夫，"您为什么今天就来了？我约的让您周三到。这里还根本没有安排好。您就这么着急？是？"

约瑟夫觉得，这个被省掉"吗"的"是"透着一股轻蔑，这个残缺不全的词听上去并不像是在表达友好。约瑟夫解释说，是职业介绍所的人让自己今天清早到这里的，如果真是弄错了，他很抱歉，但这真不是他的错。

"瞧，我多有礼貌！"年轻人心想，忍不住在心里对自己的举止报以微笑。

托布勒似乎并不打算马上接受道歉，他把同样的话颠来倒去又说了好几遍，本就红润的脸因为生气而涨得更红了。他难以"理解"，这个那个的，让他觉得真"奇怪"。等到错误引起的惊讶终于平复下来之后，托布勒斜冲着约瑟夫说，他可以留下。

"毕竟现在也没法让您走了，"托布勒补充了一句，"——您饿吗?"约瑟夫很平淡地回答是，随即又因为自己能这么平静地回答感到意外。"放在半年前，"他脑子里闪过这样的念头，"这样一个高贵的问题肯定会让我感到拘谨，非常拘谨!"

"来吧。"工程师说着，将新来的雇员带上楼，来到一楼的餐厅。办公室在地下室。在起居室和餐厅里，主人说了下面这番话:

"坐吧，坐哪儿都行，这个无所谓，您就一直吃到饱为止。面包在这儿，想吃多少吃多少，不用不好意思。多喝几杯咖啡，咖啡管够。这儿有黄油，您也看见了，随便吃。还有果酱，假如您喜欢吃的话。要煎土豆吗?"

"好的，为什么不呢，我很乐意。"约瑟夫鼓起勇气说。托布勒先生随即叫来了女佣保利娜，命她迅速去准备。吃完早饭后，两个男人在楼下办公室随处摆放的制图板、圆规和铅笔间大致进行了如下对话：

托布勒用生硬的语气说，约瑟夫得做个有脑子的雇员，一台机器是没法为他服务的，假如约瑟夫想既没计划又没脑子地混日子，最好现在就说明，好让人从一开始就知道他是个什么样的人。他，托布勒，需要的是有头脑、能独立工作、有能力的人。如果约瑟夫觉得自己不是，那他最好现在就……技术发明家开始重复自己的话。

"怎么会，"约瑟夫说，"托布勒先生，我怎么会没脑子呢？要说起来的话，我不但坚信，而且非常希望能够做到您认为可以要求我去做的任何事。再者说，我目前在这座山上（托布勒家在一座小山顶上）还处于试用期，我们之间的这种协议关系完全不妨碍您在认为有必要时随时跟我解除合约。"

希望不会走到那一步，托布勒先生认为这样

说比较得体，他，托布勒刚才说的那番话，请约瑟夫不要介意，他只是觉得一开始就把话摊开来讲明比较好，并且他认为，这对双方来说都有好处。如此一来，两个人就都知道对方是什么样的人，这样最好。

"当然。"约瑟夫附和道。

协商完之后，上司指给下属看"可以"办公的地方。那是一张又小又窄，并且非常矮的斜面桌，有一个抽屉，抽屉里放着一只装邮票的小匣子和几本小册子。那张桌子实在只能说是一张桌子，根本不是真正的写字台。桌子挨着窗户，窗户外面是花园的泥地。再往远看就是山下的一大片湖水和对面的湖岸。今天，一切看上去都阴沉沉的，因为雨还没停。

"来，"托布勒突然说道，脸上带着微笑，约瑟夫觉得，这微笑跟他说的话之间关系有些暧昧，"也该让我太太见一下您了，来吧，我给您介绍一下，然后您还得去看一下睡觉的地方。"

托布勒把他带到二楼，在那里，一个苗条的

高个子女人朝他们迎面走来。这就是"她"。"普普通通，"雇员脑子里刚闪过这样的想法，马上又补充想道，"但又并不普通。"那位太太打量着"新来的"，神情嘲讽、冷淡，但并不是刻意为之，那似乎是一种与生俱来的嘲讽和冷淡。她漫不经心、几乎有些迟钝地朝约瑟夫伸出手。约瑟夫握住那只手，对"女主人"弯腰鞠躬。他在心里这样称呼她，但并不是要美化她，正相反，约瑟夫是想在心里侮辱她一下。在他看来，这个女人的举止相当傲慢。

"希望您喜欢我们这里。"她的声音尖得有些奇怪，说话的时候撇了撇嘴。

"行，你尽管说。很好。快来瞧瞧啊，多友好！咱们等着看吧。"约瑟夫认为，适合用这种方式在心里仔细琢磨女人的友好。接下来，他被带去看了自己的房间，房间在楼上的铜顶塔楼里。一间塔楼房，倒也浪漫、体面，而且这个房间明亮、通透、友好，床也干干净净。是的，这样一个房间是很适合住的。不错。约瑟夫·马蒂（这是他的全名）将拎上楼来的箱子放在拼花木地板上。

之后，托布勒简单向约瑟夫透露了生意的内情，并大概讲了讲他需要完成的工作。约瑟夫觉得有些不安，因为他听得似懂非懂。自己是怎么回事，他在心里自责道："我是个骗子，是个夸夸其谈的人？我是要蒙骗托布勒先生吗？他要一个'有头脑的人'，而我，我今天完全没头脑。也许明天早上或今天晚上就能好一些。"

午饭非常可口。

他又担忧起来："什么？我坐在这儿，吃着好几个月都没有吃到过的丰盛饭菜，却完全没听明白托布勒做的是什么生意？这难道不是偷窃？饭菜真好吃，让我想起了家里。母亲曾经做过这种汤。这些蔬菜多汁，滋味又足，还有这肉。大城市里哪能吃到这样的食物？"

"吃，吃啊，"托布勒催促道，"在我家都得好好吃饭，懂吗？不过吃饱了是要工作的。"

正如先生所见，他在吃，约瑟夫回答说，语气怯懦，这让他有些恼怒。他想："八天之后，他还会催我多吃吗？吃别人的饭竟然能吃得这么香，真是丢人。我能干出配得上这恬不知耻的好胃口的活儿吗？"

他把每样菜又夹了一些在盘子里。没错，他来自社会底层，来自大城市中阴暗、沉默、贫瘠的角落，并且已经几个月没好好吃过饭了。

别人会看出来吗？想到这儿，他脸红了。

托布勒家的人肯定是有所察觉的，托布勒太太已经用近乎同情的眼神打量了他好几回。这家有四个孩子——两个男孩、两个女孩，他们侧脸打量着他，就好像他是个什么奇特怪异的东西。那些目光中毫不掩饰的疑惑与探寻让他心虚，它们让人想到突然跻身陌生之中的冒昧，这舒适的陌生，它只能自己为自己充当安身之处。现在，这个无处安身的人坐在那儿，必须尽可能迅速、主动地将自己融入属于他人的惬意中。那些目光让人即便是在炽热的阳光下也不寒而栗，它们冷冷地钻进人的灵魂，冷冷地在那儿稍事停留，然后又以同样冷冷的方式离开。

"好了，开始工作。"托布勒大声说道。两人离开餐桌，依照那句命令里说的，下楼去办公室干活儿，主人走在前面。

"抽烟吗?"

是的，约瑟夫很喜欢抽烟。

"您从那个蓝匣子里拿根雪茄，工作的时候可以抽烟，我自己也抽。好。现在您看一下这个，看仔细了，这是'广告钟'的文件。您算数好吗? ——那就更好了。您要做的主要是——您在干什么? 小伙子，烟灰要弹进烟灰缸! 我喜欢房间保持整洁——要做的主要是，您拿支铅笔，好，就这样说吧，主要是核算，算公司盈利的准确数目。您在这儿坐下，我马上就把必要的信息告诉您，您得听仔细了，因为我不喜欢同样的话说两遍。"

"我能行吗?"约瑟夫心想。不过干这个困难的工作时能抽烟，这点还是不错的。假如没有雪茄，他真是要怀疑自己的脑子够不够用。

雇员做记录的时候，老板雪白光亮的牙齿之

间咬着一根弯曲的长雪茄在办公室里来回踱步，不时从雇员的肩膀上方看一下他写的东西。他念着各种数字，还有些不熟练的雇员迅速记下那些数字，两个工作的人很快就完全被笼罩在一团淡蓝色的烟雾中。窗户外面，天似乎要放晴。约瑟夫不时抬头看一眼窗外，会发现天空中慢慢出现的一些变化。中间有一次，有只狗在门外吠叫，托布勒出去安抚了一下那只狗。工作了两个小时之后，托布勒太太打发一个孩子来喊他们喝咖啡，说是因为天气好转，咖啡摆在外面花园的阳光房里了。上司拿起帽子，让约瑟夫去喝咖啡，等喝完了，再把刚才匆匆记录下来的东西誊抄干净，等他抄完，估计就到晚上了。

然后他就走了。约瑟夫看着他穿过花园，朝山下走去。他真壮实，约瑟夫心想，又站了一会儿，随后走去花园里那栋漆成绿色的漂亮小房子喝咖啡。

吃点心的时候，托布勒太太问他："您之前没有工作吗？"

"是的。"约瑟夫回答说。

"很长时间？"

他讲给她听，每次说到什么可怜人的可怜事，她都会叹气。她叹得很轻松、很草率，每一声叹息都会在她嘴里多逗留那么一会儿，她似乎很享受这声音与感觉带来的愉悦。

约瑟夫心想："有些人似乎很喜欢想悲伤的事。瞧这个女人思考时摆出的表情啊，她的叹气就像别人的笑，一样那么愉快。这就是我的女主人吗？"

后来，他埋头誊抄。天黑了。明天一早就知道他究竟是个能干的人，还是个什么都不能做的人，是个聪明人，还是个机器，是有头脑，还是头脑空空。他认为今天已经做得足够了。他将工作的东西收拾好，回到自己的房间，很高兴能有这么一小段时间自己待着。他慢条斯理地把手提箱里的东西一件件掏出来，这是他所有的家当。他回想起自己搬过的无数次家，心里有点忧伤。为了搬家，这个箱子也已经用过很多次。年轻雇员觉得人对简单的东西反倒更有感情。在托布勒这里会怎么样呢？他心里想着，特意用最为得体的动作将自己不多的几件衣服放进衣柜："不管好与不好，我已经在这儿，既来之则安之。"他将一团旧线、小段的捆扎绳、领结、纽扣、针还有破布头扔在地板上，并暗自下定决心要努力。"既然我已经在这儿吃，在这儿住，那就要让自己从精神到肉体都为此付出努力，"他继续小声嘟囔着，"我多大了？二十四岁！已经算不上年轻，我的人生发展滞后了。"他掏空了箱子，把箱子放在角落里。估摸着时间差不多，他就去吃了晚餐，之后又去了村里的邮局，然后回来睡觉。

第二天，他觉得自己对"广告钟"已经有了初步了解，现在他知道，这个用来挣钱的东西是一种装饰性的钟，托布勒先生计划把这钟推销给铁路管理部门、餐馆和旅馆的老板。约瑟夫猜测，这样一个外观漂亮的钟可以挂在某一节或者某几节电车车厢里，放在一个尽量能让所有人一眼看到的地方，这样坐车的、旅行的人就能根据钟上的时间调自己的怀表，随时掌握这一天过去了多少，或者还剩多少。这钟真是不赖，约瑟夫很认真地想，而且它还有个好处，就是能跟广告结合。为了发挥这个用途，钟上挂了一到两对鹰的翅膀，翅膀是用银甚至金做的，上面留出放图的地方。图里装饰的自然是那些想利用这些翅膀，或者用技术词汇来说，利用这些区域登广告的公司的详细地址。这样一片广告区域是要花大价钱的，所以我的主人托布勒先生说，产品只针对顶尖的贸易工厂或公司，他说得很对。广告费用需要根据未来将签订的合同，按月分期预付。此外，广告钟基本上可以在国内外任何地方使用。我觉得托布勒在这项事业上寄托了极大的希望。当然，造这种钟，以及钟上那些铜质或锡质的装饰，需要大量的资金，画师也要挣钱，不过广告费能够支撑这一块的投入，而且这钱是很可能定期收来的。今天早上托布勒先生怎么说的？他继承了一大笔遗产，不过现在已经把所有的财产都"砸在广告钟上了"。在钟上砸一两万马克[1]，这也真是

---

[1]　《助理》中的故事发生在瑞士，但小说人物使用的货币是马克而非瑞士法郎。有学者认为这或许是瓦尔泽有意为之。

个奇特的兴趣。不错，我记住了"砸"这个词，看来是个很常用的词，而且简单明了，也许我很快就能在写信的时候用上它。

约瑟夫点上一根雪茄。

"这地方其实不错，这个技术办公室，但这生意是怎么做的我还是没搞懂，对新事物和陌生事物我总是理解得很慢，没错，我还记得这问题。总体说来，别人总会把我想得比实际上聪明，不过有时候也不是这样。总之，这里的一切都很奇怪。"

他拿出一张纸，用钢笔几笔划掉纸上的公司抬头，飞速地写了下面这封信：

亲爱的魏斯太太！

给您的信是我到这里之后写的第一封信，现在我头脑中嗡嗡作响的各种想法里，关于您的是最早出现的，也是最轻松、自然的。在您那儿的那段时间里，您或许经常为我的行为感到讶异。我愚钝、与世人格格不入，还有各种坏习惯，您经常要为此提醒我注意，这些您还记得吗？您是那样亲切、善良、简单，或许能够允许我对您抱有好感。我经常去您的房间找您，几乎每四个星期就去找您一回，请求您宽限交房租的时间。您从没让我难堪，不，您是会羞辱我，不过总是带着善意。我对您充满感激，而且很高兴能够告诉您这一点。您的女儿们怎么样了？大的那位应该很快要嫁人了吧。黑德维希小姐还在人寿保险公司工作吗？瞧我问的这些问题！这些问题是不是非常愚蠢，毕竟我两天前才从您那儿离开！亲爱的魏斯太太，我总觉得像是在您那儿住了许多许多年似的，因为曾经跟您住在一起这个念头总是那样美好、安静、久远。凡是认识您的人，怎么能不喜欢您？您总是对我说，我这么年轻，却这么懒散，应该为此感到羞耻，因为您总是看到我待在自己黑暗的房间里，要么坐着，要么躺着。您的脸、您的声音、您的笑总是让我感到安慰。您的年龄比我大一倍，要操心的事多我十二重，却显得那样年轻，而且现在比我在您那儿的时候更加年轻。我怎么能跟您总是无话可说呢？此外，我还欠着您的钱，对吗？这件事几乎让我感到开心，外在的联系能让内心的联系保持活力。请不要怀疑我对您的尊敬。我说的真是些蠢话。我如今住在一座漂亮的别墅里，天气好的时候，下午可以在花园的小屋里喝咖啡。我的老板现在出去了。房子所在的地方可以算是一座绿色的小山，铁路从山脚下经过，旁边就是乡村公路和湖岸。我住在顶楼一个舒适的阁楼间里，一个让我感觉高高在上的房间。我的主人看上去是个正直的人，尽管有些喜欢夸夸其谈。或许某一天，我们之间会产生矛盾，希望不会如此，这是真心话，因为我喜欢心平气和的生活。祝您安好，魏斯太太，我保留着对您美好、宝贵的印象，这画面虽然无法用画框裱起来，但也无法忘怀。

约瑟夫把信叠起来塞进信封。他脸上带着笑，自己也不太清楚为什么，但想到这位魏斯太太令人愉快。他刚给一位女士写了信，而根据他留给这位女士的印象，她不可能想到会这么快收到一封堪称热情洋溢的信，肯定完全没有心理准备。这种偶然的相识对他影响这么大吗？难道他是喜欢让人惊讶和迷惑？他自己浏览、检查了一遍之后，认为信是得体的，反正也有时间，于是去了邮局。

走到村子中间的时候，突然有一个浑身上下沾满煤灰的年轻人在他面前站定，笑眯眯地看着他，朝他伸出手。约瑟夫很惊讶，他无论如何也想不起自己到目前为止的人生中曾经在什么时间、地点见过这个黑乎乎的人。"你也在这儿，马蒂？"那个人大声说。这时，约瑟夫认出了对方，他不久前才服完兵役，这人是他当时的战友。约瑟夫跟他打了招呼，但托词说有急事要办，就告辞离开了。

"军队，"他边走边想，"用同一种情感把来自不同生活环境的人撮拢在一起，这个国家没有哪个家教良好同时又健康的年轻人能逃得过，总有一天得离开自己之前那个舒适的环境，跟碰到一起的那些同样年轻的农民、扫烟囱的、工人、店铺伙计甚至二流子一起做同一件事。而且做的都是什么样的事啊！兵营里的空气对每个人来说都是一样的，对于贵族公子哥足够好，对于最卑微的农村雇工也合适。阶层和教育的差距残忍地落进一道至今还没有人研究过的巨大深渊，这道深渊就是战友关系。这关系能统领一切，因为它将一切都囊括在内。战友的手对任何人来说都不会是不洁净的，它根本不可能不洁净。平等这个专制的君主，它经常让人难以忍受，或者看似让人难以忍受，但它是多好的教育者，多好的老师啊！兄弟情谊，从小处来讲，可能会有相互之间的不信任、小气，但这种关系也可以很大，之所以说大，是因为这关系里包含了所有人的想法、情感、力量和欲望。假如一个国家知道如何将年轻人的思想引导进这道能装下整个地球，而不只是某一国的深渊，那么这个国家的四面八方、所有边界就都围上了坚不可摧的堡垒。这堡垒是由活人组成的，上面装备的是人的脚、记忆、眼睛、手、头和心脏。年轻人真的是需要接受一些严厉的教育的。"

雇员的思考到这里就中断了。

自己说话和想问题的方式真像个陆军上尉，他笑着想。不久后，他回到了家。

去服兵役前，约瑟夫在一家生产松紧带的工厂里干活。他想起了去当兵前的那段日子，眼前仿佛又看到那一长排旧楼、黑色的卵石路、狭窄的房间、架着眼镜的老板严厉的脸。在别人嘴里，他是那儿的临时帮工，是暂时的。他整个人仿佛就只是一块边角料，一个无关要紧的附属品，一个临时打起的结。开始那份工作的时候，他已经真切地看到离开那份工作时的情形。松紧带工厂里的那个学徒处处"高一头"，约瑟夫不论做什么，都得征求那个半大小子的意见。他倒并没有因此感到委屈，他对很多事情都习以为常，干活的时候也不用脑子，也就是说，他不得不承认，有一些必要的知识自己没记住。有些对其他人来说非常容易掌握的东西，他要记住就很困难。没办法。他的安慰和心里所想的就是这个职位的"临时性"。他租住在一个长着尖鼻子、尖嘴巴的老小姐家里。她简陋的屋子漆成了奇怪的浅绿色，屋里的壁架上放着几本书，有旧有新。这位老小姐似乎是个理想主义者，但并不狂热，而是彻头彻尾的冰冷。约瑟夫很快就发现她在跟人热烈地互写情书，根据他某天看到的被随手放在圆桌上的一封长信，对方应该是迁居到格劳宾登去的一个印刷工或绘图工，他现在有点记不清了。他迅速看了一遍那封信，觉得自己并不是在做什么了不得的坏事。那信也实在没什么值得偷偷看的地方，既不神秘，也没有外人看不懂的内容，拿去张贴在城里的任何一根柱子上都出不了什么事。信里模仿的是世人都在读的书，最主要的内容是一些用粗线条和阴影线勾勒的旅行见闻。信里说，这个世界很美，只要我们肯用脚去走一走。接下来是对天空、云、草坡、山羊、牛群、牛铃和群山的描写。都是多重要的事物啊。约瑟夫住的是里间，他走进去，在那儿读书。每次走进那个小房间，书籍就开始在他头顶颤动。他在读那些大部头中的一部，是可以用好几个月来读的小说。他吃饭是在一个给技术学校的学生和商行学徒提供食宿的地方。跟那些年轻人谈话让他感到很困难，所以在饭桌上，他绝大多数时间都缄默不语。这让他感觉很没有尊严，在那里，他依然只是一颗松松挂着的纽扣，根本没有人会费心把这颗纽扣重新缝好，因为他们现在就知道，这件衣服已经穿不了多久了。是的，他的存在就像是这么一件临时穿一下的衣服，一件不合身的外套。离城不远的地方有一座圆圆的、不太高的山，山上种着葡萄。山顶有片森林，散步很不错。周日上午，约瑟夫总会爬到山顶去。休息的时候，他会陷入遥远的、几乎是病态的美丽梦境之中。山下的工厂却不怎么美，尽管春意渐浓，春天也开始在树冠、草丛上制造芬芳的奇迹。有一天，老板狠狠教训了约瑟夫一顿，说他品德败坏，简直就是个骗子。是为什么呢？那也是因为脑子偷懒的缘故。空空如也的脑袋会给做生意的人带来巨大损失：算数不好，或者更糟糕——根本就不计算。用英镑核算利息让约瑟夫感到很困难，他缺少必要的知识，因为觉得丢脸，他就没有向老板坦承这一点。于是他没有真的进行核算，就在账目下面签字确认。他在最终的数字下面签上"M"，这代表检查无误这样一个确凿而平静的事实。然而在这一天，因为老板一个表示质疑的提问，约瑟夫只是假装核算，以及他根本没有能力在脑子里做这类运算的事突然就暴露了。那是英镑，约瑟夫根本不知道该怎么做。上司说，就应该斥责、羞辱约瑟夫之后再把他赶走。有东西不懂，并不是什么丢人的事，但是不懂装懂，就相当于偷窃了，形容这件事只能用这个词。约瑟夫应该羞愧得无地自容。约瑟夫的心狂跳，仿佛被一股黑色的、大张着嘴的浪淹没。他一向认为自己的灵魂并不坏，但现在这个灵魂从四面八方将他紧紧勒住。他抖成一团，写出的数字看上去异常奇怪、扭曲、巨大。不过，一个小时之后，他就恢复了好心情。他去邮局，天气很好，走在路上的时候，他觉得一切都在亲吻自己。小小的、可爱的叶片聚成热情的、五彩缤纷的一群朝他飞来，从旁边走过的那些人其实很普通，但看上去又是那么美，简直让人想扑上去搂住他们的脖子。他心中充满幸福，看着一座座花园，又抬头看着明朗的天空。白色、新鲜的云多么干净、美丽。还有那饱满、甜美的蓝色。约瑟夫并没有忘记刚才的事，那一顿斥责，他羞愧地装在心里，只是已经变成了一种毫不在意的担心，漫不经心的忧虑。他还在微微发抖，心里想道："那羞辱难道是为了鞭策我享受上帝创造的这个世界中纯粹的欢愉？"下班后，他悠闲地逛进一家非常熟悉的雪茄店。店里住着一个女人，她有可能，很有可能，应该说非常有可能是那种出卖身体的女人。约瑟夫习惯晚上到她那儿，坐在一把椅子里边抽雪茄，边跟她聊天。他很快就发现这个女店主喜欢自己。"既然我讨她喜欢，那就干脆帮她个小忙，每天到她这里来坐坐。"他是这样想，也是这样做的。女店主给他讲了自己年轻时的种种，讲了生活中一些好的、不好的经历。她已经上了些年纪，脸上画着丑陋的妆，但眼睛好看，亮闪闪的，还有她的嘴。"这张嘴哭过多少次啊。"约瑟夫心想。他在女店主那儿表现得彬彬有礼，仿佛这样的举止是理所应当的。有一次，他轻轻抚摸了女店主的脸颊，他能感到这个动作带给她的喜悦。女店主的脸红了，嘴唇抽搐了一下，好像要说："太迟了，我的朋友。"她以前当过一段时间的女招待，但这有什么关系呢，反正过几个星期边角料就要被彻底处理掉。虽然有之前英国货币的那件事，但离开的时候，上司还是送了约瑟夫一笔奖励金，并祝他在兵营一切顺利。接下来是乘火车穿过仿佛被春天施了魔法的土地，再然后就前途未卜了，因为从那时起，人就变成了一个数字，会得到制服、弹药袋、刺刀、火枪、船形军帽，还有沉甸甸的行军鞋。他们不再是自己，而是变成了顺从，变成了训练。他们睡觉、吃饭、上操、射击、行军，可以休息，但得按规定的方式休息。就连人的情绪也受到严格监督。一开始，骨头就像要散架了一样，但是慢慢地，身体变得坚硬，脆弱的膝盖骨变成了铁合页，脑袋里也不再有思想，胳膊和手习惯了跟老兵、新兵寸步不离的武器。约瑟夫在梦里也能听到命令和射击的砰砰声。整整八个星期，虽然并不是永无止境，但约瑟夫感觉像是永无止境。

可说这些干什么呢，他现在已经在托布勒先生家里了。

两三天的时间并不算长，甚至都不够人在一个房间里彻底安顿下来，更不要说是一栋大房子了。约瑟夫总归是有些迟钝的，至少在他自己的想象中是这样，而想象从来就不会毫无根据。再者说，托布勒家的房子分为两部分，一部分用来居住，还有一部分是办公场所，而约瑟夫的责任和义务是同时熟悉这两个部分。居住和工作的地方挨得这么近，几乎可以说是耳鬓厮磨，因此很难深入地了解一个，而忽视另外一个。在这样一栋房子里，雇员的主要活动场所既非这边也非那边，而是在每个地方。完成工作的时间同样没有明确的界限，有时可能会延长到深夜，有时又会在一天的中间突然中断一段时间。不过，能在下午去外面的花园小屋跟一个挺不错的女人一起愉快地喝咖啡，也就没有理由因为晚上八点钟之后还得处理某项紧急工作而不悦。能像约瑟夫这样吃上如此丰盛的午餐，那就理应用双倍的努力来回馈。上班的时候获准抽烟的人，即便被女主人指使去给屋里或家里干点什么事，也不能抱怨什么，哪怕对方用的是命令的语气，而不是怯生生的请求。总不可能一切都让人身心愉悦，谁能狂妄到面对这个世界的时候，只想到索要可以躺靠的枕头，而不考虑这个天鹅绒的或丝绸的、填充了最细致鸭绒的枕头要花多少钱？不过，这并不是约瑟夫该考虑的事，要知道，他从来就没有一下子拥有过很多钱。

托布勒太太觉得他有些怪异，跟别人不一样，她还没有给过约瑟夫一句好的评价。她觉得约瑟夫穿的那套已经破旧泛白的深绿色衣服很可笑，举止也有奇怪的地方。从某些方面来讲，她的这种看法是有道理的。奇怪的不仅有他面对他人时的迟疑和显而易见的不自信，还有他的礼貌。不过这里还是要强调一下，像托布勒太太这样出身纯正的市民阶层主妇，本来就容易觉得很多东西奇怪，这会让她的人生观也变得稍稍有些奇怪。然而这样一来，我们也就没必要因为一个这样的女人觉得一个那样的年轻人奇怪而大惊小怪，还是来讲一讲他们在一起谈了些什么吧。让我们回到下午五点的花园小屋。

"今天的天气真好。"托布勒太太说。

噢是的，真是美极了，助理说。他在桌边稍稍转身，看着浅蓝色的远处。湖是非常淡的蓝，恰好有一艘蒸汽船经过，船上传来音乐声，他能看到船上游客们挥舞的手帕。蒸汽船的烟飘向后方，被空气吸走。行将结束的美好一天正将一层烟雾在湖面上铺开，对岸的山裹在这层烟雾中，几乎已经看不见了。山像是丝绸织就的一般。放眼一圈，全是一片蓝色，就连近处的绿、房顶的红，看上去也都带着蓝。能听到一种无处不在的嗡嗡声，仿佛所有的空气、所有透明的空间都在轻轻吟唱。这嗡嗡嘤嘤的声音听起来、看上去也是蓝色的，几乎是的！咖啡依旧好喝。"为什么一喝这特别的咖啡，我就会想起家，想起童年？"约瑟夫想。

主妇讲起了前一年去卢塞恩湖避暑的事，她说，可惜今年不行了，想也不用想！不过这里其实也挺漂亮的，实际上，如果像他们住在这种地方，根本不用出去避暑。说到底，人总是不满足的，总会有各种愿望，这也是很自然的事——约瑟夫点点头——可现在，这种不满足真的类似傲慢。

她笑起来。"她的笑真奇怪。"下属心想。他接着又想："执着于利用笑容研究出生地的人，能从这笑里读出很多信息。这笑容清楚地透露出这个女人是什么地方的人。这是有缺陷的笑，并不是自然地从嘴里发出的，而是像曾经被严苛的教育长时间约束过。不过，这笑是美的、属于女性的，甚至有点轻佻。只有出身高贵的女人才能这样笑。"

主妇早已在继续讲述，她讲的是那次完美、舒适的避暑经历。一个年轻的美国人每天划着贡多拉带她去游湖，很绅士。对她这样的已婚女性来说，能够一个人待几个星期，身边没有丈夫、没有孩子，而且还是在那么一个美丽的地方，这经历真是非常有诱惑力，很不一样。倒也不必觉得这里面有什么龌龊之事，其实就是一整天什么也不做，吃好吃的，躺在阴凉里，头上是一棵漂亮的、枝繁叶茂的栗子树。去年她待的就是这样一个地方，这样的一棵树。她眼前总是浮现出那棵树的样子，还有树下的自己。她还带了一只白色的小狗，上床睡觉的时候也带着它。真是个小巧又干净的小东西，这小狗更增强了她的自欺欺人，让她觉得自己是个贵妇，真正的贵妇。后来那狗被迫送人了。

"我得去干活了。"约瑟夫说着，站起身来。

他真有这么勤快吗？

"嗯，如果是自己的工作，那就得去做。"说完这番话，他就离开了。走进办公室，一个看不见又无处不在的东西迎面而来：广告钟。他坐到桌边，开始写信。邮差来要代收的货款，金额不大，约瑟夫用自己的钱垫付了。随后，他为广告钟写了几封信。要给这么一个钟做的事可真多啊！

"这样一个钟就像是一个婴儿，或是大一点的小孩，"雇员心想，"一个执拗的孩子，需要人不断牺牲自己去照顾它，而它连句感谢的话都没有。这个公司能有发展吗？这个孩子能长大吗？不太能看得出来。发明家都热爱自己的发明，托布勒对这费钱的钟真是用心。其他人怎么看他的这个创意？一个创意得有魅力，得能吸引别人，否则就很难成为现实。至于我，我坚信这个钟的创意能够实现，之所以坚信，是因为这是我的工作，因为我拿着别人的钱。话说回来，我的薪水是怎么发的呢？"

在这一点上，还真是没有什么约定。

一直到周日，日子都风平浪静的。能有什么事呢？约瑟夫很听话，每天都努力展示一张愉快的脸。他又有什么理由感到特别不愉快呢？到目前为止，一切都让他感到很满意。毕竟，服兵役的时候也没有人特别照顾他。对于广告钟，他的了解越来越深入，已经开始相信自己完全弄懂了。两张各四百马克的汇票没有支付又能怎样，把汇票的到期时间推迟一个月就行，约瑟夫甚至觉得，给开出承兑汇票的人写下面这样的信也非常好："请您再容些时日，不久之后，对我公司专利的资助就将到位，到那时，我公司将立即兑现到期的汇票。"

他有好几封这样的信要写，能对商人的一套说话风格驾轻就熟，这让约瑟夫很高兴。

这个村子他已经摸清了一半，去邮局对他来说是件非常愉快的事。有两条路可以走：可以走湖边那条宽阔的乡间公路，也可以从山上走，路上会经过果园和农庄。他总是选后一条路。他觉得这没什么难选的。

星期天，他从托布勒那儿除了得到一根很好的德国雪茄之外，还收到了五马克的零花钱，好让他能在各处"买点什么"。

沐浴在灿烂阳光下的房子异常美丽，约瑟夫觉得这就像是一栋真正的周末度假屋。他穿过花园去山下的湖边，手里甩动着泳裤。阳光透过破旧更衣室的木板缝照进屋内，他悠闲地在那儿脱下衣服，然后一头扎进湖里。他游出去很远，感觉非常惬意。游泳的人假如不是处于快要淹死的状态，又怎么会不感到惬意呢？在约瑟夫看来，明朗、温暖、光滑的湖面仿佛微微隆起的弧形。湖水既清凉又温暖，偶尔会有一丝轻风，或有一只鸟高高地从头顶飞过。有一回，他游到一艘小船附近。小船里坐着一个垂钓的人，正心平气和地将周日挂在钓绳上，让它随着小船摇摇晃晃。多么柔软、多么闪烁的明亮。裸露、敏感的胳膊在这湿润、洁净、善良的物质上切出一道道口子，腿每蹬一下，就将人在这片美丽、深邃的润泽中向前送出一截。从下方涌起的冷、暖水流将人托起，为了沁润胸中的激荡，他将头短暂地扎进水中，屏住呼吸，闭上嘴巴和眼睛，这样就能让全身都沉浸其中。游泳的人想要大声嘶喊，或者只是喊叫，或者只是大笑，或者只是说点什么，他也的确这样做了。于是从河岸那边传来回响，那是些高大、遥远的形状。在这样一个周日清晨里，有各种美丽明快的色彩。他的手脚在水中划动，整个人垂直悬在水里，像个空中飞人，身体立着，胳膊不断摆动。不会沉下去。他将眼睛闭上，又一次钻进那片湿润、碧绿、坚实的深邃中，游回了岸边。——

多么美妙！

午饭的时候，来客人了。

　　来的客人是这么一回事：约瑟夫在这里的上一任是个叫维西希的人。托布勒家的人很喜欢这个维西希，觉得他忠诚，也很欣赏他的精明能干。维西希是个很仔细的人，不过只是在他清醒的时候。可以说，在清醒状态下，他拥有一个雇员所需的所有好品质：非常有条理，具备商业和法律领域的知识，勤奋，有活力。他在任何时候，并且几乎在各种情况下，都能够既让人信任，也让人信服地代表自己的上司。此外，他的字迹工整，脑子聪明，对事情既有兴致也有天赋，独自处理生意上的事也很容易就能让自己的衣食父母感到极为满意，在做账方面他更是堪称典范。不过，所有这些好品质也可以一下子消失在酩酊大醉中。维西希已经不年轻了，他三十五岁左右，人假如在这个年纪之前没能控制住某些嗜好，就会被这些嗜好弄出丑陋的长相和可怕的庞大体形。酗酒会不断把这个人变成狂躁、毫无理性的动物，让人拿他毫无办法。托布勒先生已经多次要赶他走，命令他收拾自己的东西，再也不要出现在自己眼前。维西希也会离开，嘴里骂骂咧咧，但只要恢复清醒，他又会马上回来，一副懊丧的罪人脸孔，而他几天之前刚在醉酒的时候发疯说永远不会再回来。神奇的是，托布勒每次都会留下他。每次在这种时候，托布勒总会毫不留情地呵斥他一顿，就像是教训顽劣的孩子一样，但训完之后总会让他留下，过去的事情就不提了，可以让他再试一次。这种事发生了四五次，维西希身上有种让人难以抗拒的气质，特别是在他开口祈求或者道歉时。这种时候，他会显得特别懊丧、伤心，让托布勒夫妇心里一乱，就原谅了他。而两个人也并不互相解释，有什么必要呢？此外，维西希还特别善于给女性留下极好的印象。非常肯定的一点是，托布勒太太对这奇异的魔法，对这个让人无法解释的人也没有抵抗力。只要维西希是安静、清醒的，她就很重视这个人；对粗野的人和浪荡子，她怀有一种自己也无法解释的同情心。维西希的长相就像是专为了配合女人的判断力而生的。他的面部线条清晰、阳刚，苍白的皮肤更是加强了面部的这种清晰与坚定。让人无法抵挡的还有他的黑头发、深陷的黑色大眼睛，以及附着在他的一举一动和气质上的枯燥，这是通常会让人跟好心肠和坚定的性格联系在一起的平庸，而这两点都是一个情感细腻的女性无法抵挡的。

就这样，维西希不断地被托布勒家重新接受，主妇在午餐桌上笑眯眯地用轻描淡写的丰富语调说的话，从来都不会是毫无效果的，在这里就更不会，因为托布勒自己也"一直很喜欢这个不幸的人"。维西希被重新留下之后，他母亲总会到别墅来道谢。她也很招人喜欢。对于那种处在自己的权力和影响之下的人，人们总是喜欢的。富裕和地位总喜欢压人一头，不对，其实也不一定是压人一头，但它们很喜欢俯视那些被压在下面的人。不能否认这种情绪中存在某种善意，但其中也有着某种粗鲁。

然而在一天夜里，维西希还是闹腾得过分了。

乡村公路边有个"玫瑰"酒馆,去那儿的尽是些游手好闲的人,包括一些不正经的女人。维西希在那里喝得酩酊大醉,大喊大叫着回到家,要求进门。因为这个要求被拒绝,他就用随身带的一根木棍砸烂了大门的玻璃,然后又打烂了门上所有能打烂的栏杆。他还用可怕且含混不清的声音,拿疯狂又混乱的头脑里想出的词,威胁说要"把这个窝整个烧掉"。他的吼声极大,不仅旁边的邻居,应该连住得比较远的人都能听到,并且他很欣赏自己用来诅咒恩主的那些卑劣的话。他凭一股头脑不清的人和没有感情的人特有的蛮劲,几乎已经将门砸开,门锁和门闩摇摇欲坠。这时,托布勒先生似乎彻底失去了耐心,他从里面一把拉开门,用一根棍子对着醉鬼劈头盖脸一顿打,将他打倒在石子路上。托布勒命令他马上离开,否则就得继续挨棍子,听到这个清楚明白的命令,维西希手脚并用地爬起来,跌跌撞撞地走出花园。醉鬼又摔倒了几次,月光照在他身上,站在高处的人能够看到他的每一个怪异的动作,跌倒在地,又爬起,最后像一只笨拙的狗熊一样跌出花园，跌到乡间公路旁，彻底看不见了。

这天夜里的事过去两个星期之后，托布勒收到了维西希写来的一封长长的道歉信。闯祸的人在信里用近乎文绉绉的语言保证自己会悔过，并恳求托布勒先生再收留他一次，倘若不能这样，维西希将深陷巨大的困境。他和母亲两个人恳求善良的老东家能够再垂怜一次，最后一次，他痛心疾首并且真诚地承认，自己已经多次辜负了这样的善意。信中最后写道，维西希非常渴望回到这栋房子里，回到这个让他热爱并且珍视的家庭中，回到之前效力的地方，所以他对自己说，要么寄希望于一切都重新开始，并因此而高兴，要么大门从此对他关闭，留给他的只有绝望、悔恨、羞耻和苦涩。

但为时已晚，大门的确是已经关上了，屋子里有了替代他的人。那天夜里的一场大闹之后，托布勒第二天一早就去了州首府的职业介绍所，并在那儿雇了约瑟夫。上面的那封信跟约瑟夫是同一天进的托布勒家。

星期天来的客人不是别人，正是维西希和他

的母亲。

刚游完泳的约瑟夫神清气爽，他热情地跟自己的上一任打了招呼，并对老妇人微微鞠了个躬。他一眼就看出午餐桌旁的气氛非常压抑，大家都不怎么说话，不多的几句也流于空泛。在白色的桌布，桌上热气腾腾、喷香的饭菜，以及众人的脸四周弥漫着一股悲戚和拘谨。托布勒先生"圆瞪着双眼"，不过整体而言，他是愉快友好的，还用善良、居高临下的语气请客人们多吃点。游完泳之后吃什么都香，在户外这样的蓝天下，所有的饭菜也都好吃。今天这顿饭虽然简单，约瑟夫却觉得尤其美味，其他人看上去也都很爱吃的样子，甚至包括维西希老夫人。今天的她就像是包裹着一层优雅。这个可怜的女人平常住在什么地方？是怎么住的？住在什么样的房间，什么样的环境里？她看上去那么寒酸、瘦削！她似乎很节俭，或者说俭省，或者说拮据，跟旁边那位丰润、中产的，在丰饶与温暖中出生并接受教育的托布勒太太相比尤其如此。维西希夫人和托布勒太太，假如这个世界是有差别的，那她们两人之间就有天壤之别。

托布勒太太看上去总是有点高傲，不过这淡而持久的高傲特别适合她脸部和身体的线条，让人根本不希望从她身上去除这个特征，它们是一体的，就像难以言表的声音的魔力之于民歌。这歌婉转，且调子极高，维西希夫人听懂了，甚至也清楚地感觉到了。这首歌如此干瘪，另外那首歌又是那么饱满。托布勒先生倒上红葡萄酒，他想给维西希也倒上，但母亲忙不迭用苍老干枯的手盖住了儿子的酒杯。

"嗨，为什么不行呢？他也应该喝点啊。"托布勒先生大声说。

泪水突然涌进了老妇人的眼睛里。大家都看到了，并为之动容。维西希想小声对母亲说些什么，但他无法抵御那股使人僵硬而动弹不得的力量，那力量让他无法驱动自己的舌头。他呆呆地坐着，看着自己面前那些怯生生的饭菜。维西希夫人已经收回了自己的手，淡淡地解释说，她现在是被迫对儿子喝酒表现出无所谓的态度。她的动作在说：好，给他倒上吧，反正已经无可挽回了！维西希抿了一小口，他似乎对这项乐趣有克制不住的恐惧，正是这东西将他从舒适的职位上推翻在地。

噢，维西希夫人，你的泪眼已经完全模糊了你那几分看似光鲜的优雅举止。你曾决心要举止合度，现在却被悲伤压倒。你那双苍老的手就像沟壑纵横的额头，它们在颤抖。你的嘴在说什么？什么也没说？唉，维西希妈妈，跟体面的人在一起得说话啊。瞧瞧，瞧瞧，另外那位女士在怎样看着你。

托布勒太太微微侧过头，用担忧但冰冷的眼神看着维西希夫人，同时抚摸着坐在她身边的小女儿的鬈发。真是个生活富足的女人！一边是孩子温柔、亲昵的愉快仰视，另一边充溢的则是人类姐妹的苦痛。不管是可爱还是哀伤，都成为这位女士的衬托。她轻声对维西希夫人说着安慰的话，后者只是拒绝并谦卑地摇着头。饭吃完了。托布勒先生把烟盒传给大家，男士们抽起了烟。阳光，四周美丽的山、湖与草地，还有这一小群人寡淡而谨慎的交谈。是啊，应该宽容，别人也是人！女主人的表情生动地传达出这个意思。但恰恰是这样默默表示宽容的做法最无情。非常残忍。

两个女人聊起了托布勒家的孩子，她们俩似乎都为找到这个可以不带任何伤痛语气谈论的话题而感到高兴。谈到这个话题也很自然，只要稍稍忘掉自己的烦恼就行。老妇人的目光不断落在约瑟夫的身上、脸上和举止上，像是要研究他的长处和弱点，然后在心里跟自己的儿子做比较。男孩们很快就从座位上跑开，去花园里玩了，女孩们也跟着跑走，桌边只剩下几个成年人。女佣端着木头托盘来收拾餐桌。大家站起身。托布勒让约瑟夫"把玻璃球抬出去"，后者着手执行他的命令。玻璃球是托布勒别墅的骄傲。

这个玻璃球用小链子和支杆固定在一个精致的铁架子上，球是彩色的，周边的景物于是相互环绕着、堆叠着倒映在球里，有绿，有蓝，有棕，有黄，也有红。这个球大致有一个人的脑袋那么大，加上下面的支架足有八九十磅[1]，沉甸甸的。下雨的时候，玻璃球从来不会摆在外面，它总是不断被搬出搬进，搬进搬出。如果哪次被淋湿了，托布勒先生就会大发雷霆，淋湿的玻璃球让他心疼。有些人就是这样，在对待或者认为应该如此这般对待某些没有生命的财产时，就好像它们是有生命的。所以约瑟夫赶紧跑去抬那个漂亮的彩色玻璃球，他已经见识过托布勒对这个玻璃球的偏爱。

满足了主人的这个愿望，同时配合完好天气带给主人的兴致与喜悦之后，约瑟夫迅速离开其他人的视线，爬上楼，钻进了自己的阁楼间。楼上多么安宁寂静啊，在这里，他觉得自己是自由的，虽然并不知道摆脱了什么，但有这种感觉就足够了。他心想，真正的原因应该就以某种方式隐藏在某个地方，但这些原因对他来说又有什么用呢。他周围仿佛有金色的东西在飘动，他盯着镜子里的自己看了一会儿：看上去还很年轻，跟那个维西希完全不一样。他忍不住笑了，突然很想把已故母亲的照片

1　1磅约合454克。

拿在手里。照片放在桌上。为什么不拿在手里仔细看看呢？他感觉自己盯着照片看了很久，随后又把照片放回原位。接着，他从外套兜里掏出一张比较新的照片，那是一个舞蹈生的照片，是他在"大城市里"认识的一个姑娘。那座遥远、满是人的大城市。那些生动、宏大的画面仿佛早已消失不见。他又忍不住对着这个想法笑了。他郑重其事地在房间里来回踱步，当然是抽着烟的。嘴里总是叼着这么一根烟，真的有必要吗？从山上和湖上吹来清新的风，吹过房间里四面高大的墙，多么惬意啊。维西希就是住在这里的？那个满脸痛苦的男人？约瑟夫将喘着气的脑袋伸出窗外，伸进周日中午人世间的自由。为什么我能有五马克零花钱，还能把头通过这样一扇从形式到位置都很高贵的窗户伸出去？——

不过，楼下的办公室就不高贵，而是沉闷的。托布勒先生跟他的前雇员维西希在那里进行的谈话非常非常沉闷，几乎是压抑的。

"您自己也得承认，"托布勒先生说，"现在暂时不可能恢复咱们之前的那种关系，结束这种关系的是您，不是我，我可是很想留下您的。我没有任何理由让马蒂走，他的工作干得不错。抱歉，维西希，您要相信我的话，这是您自己造成的。没有任何人强迫您，让您像对待愚蠢的小孩那样对待作为您东家的我。接下来的事您要自己去想办法，出于道义，我很愿意协助您再找一份工作。这儿还有根雪茄，给，抽吧。"

真没有任何回转的余地了吗？

"没有，没有，现在没有了。您就想想看，您自己在那个干干净净的夜晚都喊叫了些什么，就知道咱们之间不可能再有任何关系了。"

"可是托布勒先生，那都是醉话，不是我本心。"

"说什么都是醉话，不是您本心！就是这个。我曾经想过五六次，甚至更多次：这不是他！但那当然都是您，没有谁是可以一分为二的，否则人活在世上也太舒服了。假如每个人都在犯了大错之后说'那不是我'，那还区分什么秩序与混乱？不，不，以上帝之名，人是谁就是谁。我见识了您的两副面孔，您以为这个世界有义务把您当成小孩或小哈巴狗来看待吗？您是个成年人，别人自然期望您知道自己该做什么。什么隐秘的欲望，就像哲学家说的那个玩意儿，我认为自己没有必要去考虑。我是个商人，是一家之主，所以我认为自己有责任将愚蠢和不体面拒之门外。您一直挺努力，为什么偏偏要有那样粗鄙的行为？您会笑话我的，假如我愚蠢到重新接受您，您只会笑话我，而且也有理由笑话我。现在，我已经把想法都告诉您了，咱们就此结束吧。"

"咱们之间就这样结束了吗？"

"目前来看，是这样的！"

说完这句话，托布勒走出办公室，走进花园，意味深长地看了他妻子一眼，然后在心爱的玻璃球旁站定。他用牙齿咬着雪茄烟，悠闲地低头看着自己的财产，并在无意间用这种方式完成了这幅属于体面人宁静午间的画面。

维西希留在办公室里，一动不动地站在之前刚好站着的地方。这时，约瑟夫碰巧进来，两个人睁大眼睛互相打量了一阵，随后，两人都认为最得体的做法是聊一聊托布勒公司今后的发展，但谈话很快就变成让人难以忍受的结巴和停顿，直到完全停下来。维西希努力表现得像个非常了解这件事的人，给他的继任者各种建议和实用的提示，不过语气听上去并不是很热情。

喝完下午的咖啡，到了两位客人该下决心告辞的时候。大家互相握手，随后，留在山丘上的人看着两个步子和姿势都缺少信心的人沿着花园的栅栏朝乡间公路走去，那栅栏光鲜亮丽，每隔一米就有一枚装饰用的镀金星星。这一幕是伤感的，托布勒太太又叹了口气，但随即就不知道因为什么笑了起来，能够清楚地听出叹息声和笑声是同样一种音色，完全一样的腔调。

约瑟夫站在边上，心想："他们走了，那个男人和那位老妇人。已经看不到他们了，山上这里已快要忘记他们了。我们忘记别人举止、表情和行为的速度真是快。他们现在能做的就是沿着遍布灰尘的乡间公路快走，好及时赶到火车站或码头。这是一段漫长的路，对两个沮丧忧虑的人来说，十分钟的路就是漫长的。他们一路上不会说什么，但还是会说话，用一种充满谅解的语言，一种无声的、非常好理解的语言。忧愁有自己说话的姿态。现在他们在买票，或者已经有票了，大家都知道有一种往返票。火车呼啸着开过来，贫穷和迷茫一起走进车厢。贫穷是个老妇人，枯干的双手充满渴望，她今天努力在用餐时像个优雅的女士一样与人交谈，却不是很成功。现在她坐车离开，身旁跟着茫然，如果仔细看的话，她就能看出，这茫然正是自己的儿子。车上坐满了兴高采烈的人，都是周日出来郊游的，他们唱歌、叫嚷、闲聊、大笑。一个小伙子怀里搂着自己的姑娘，不断亲吻她丰满的嘴唇。对灰心丧气的灵魂来说，旁人的喜悦是多么可怕的折磨！可怜的老妇人感觉自己的脖子和心脏像被刀割一样。她也许想要大声呼救。路在继续。噢，车轮这无休无止的哐当声。妇人从外套兜里掏出粉色的手帕，想要掩饰老眼中奔涌而出的愚蠢而显眼的泪水。她这个年纪的人本不应该再哭了，可这片大地上发生的种种事，哪里会去考虑什么得体的举止？锤子落下时不分青红皂白，有时落在可怜的孩子身上，有的时候，你要记住啊，女人，也会落在白发老媪身上。现在，母子俩到站了，他们将会下车。他们家里是什么样子的呢？"

托布勒愉快的声音将约瑟夫从思绪中拉了回来。一个人在那儿干什么呢？过来帮个忙，一起把剩下的红酒喝完。过了一会儿，一家之主对他说：

"是的，是的，维西希彻底离开了，我希望获准住在山上的另外那位能比他更懂得珍惜。我大概不需要点明'另外那位'是谁。您在笑，好，笑吧，我无所谓。不过我要把话说在前面，如果您有任何嗜好，我指的是星期天，这在一个健康的年轻人身上也无可厚非，您可以进城去，那儿有您想要的，应有尽有，但是在我家里，您要记住，绝不允许出现那种事，维西希就是因为这点才永远不能再回到这里。在这里就得讲规矩。"

随后，话题转到了生意上。

托布勒先生说，现在最重要的是让资金流动

起来，这是第一要务。得给技术发明找到投资人，比如找一个工厂主，这样就能立刻将获得专利的设计投入大批量生产。不过，只要是能给这里送来钱的人，他都欢迎，哪怕来的是个裁缝也无所谓，掏钱的人不需要弄懂这里面的事，这事有他托布勒呢。

"您发一下广告。"

约瑟夫从口袋里掏出铅笔和记事本，记录了如下口述的内容：

寻找投资人！

某工程师欲为专利寻找投资人。该投资项目利润丰厚，毫无风险。欲投标者请……

"明天清早您去村里的时候，买一盒五百根装的烟回来，这里得有烟抽。"

天渐渐晚了。

花园小屋里来了两个女人，是木地板厂的女老板和她的女儿，年轻姑娘身形瘦长，满脸雀斑。

她们就住在隔壁。托布勒跟这两个女人，以及他自己的妻子一起，玩起了一种全国都会玩也爱玩的纸牌游戏。平常打这种牌的都是男人，不过慢慢地在女人们中间也流行起来，都是那种生活比较好的女人，也就是一整天不需要费力干什么活的那些——这就是生活比较好的意思。

托布勒太太、女厂主和她的女儿牌打得极好，打得最好、出牌最"狠辣"的是那个年轻姑娘，打得相对较差的是托布勒太太。年轻姑娘每次打出王牌，就会显露出玩牌人的那种激动。她像个最老到、最执着的打牌人一样：牌局对自己有利时，她会把女性的拳头砸在桌子上，还不时发出小姑娘般的叫声。她的身材有棱有角，脸长得却实在不美。她母亲的行为举止既充满智慧，又有教养，一个上了年纪、有地位的女人，哪会有让人无法忍受的举止呢？

约瑟夫看着这个他还没机会学的纸牌游戏，心想："观察这三个女人打牌时的脸真有意思。这一个很放松，她在笑，她是年纪最大的。我的托布勒太太完全沉浸其中了，这纸牌游戏彻底迷住了她，她脸上满是对打牌真正的、强烈的兴趣，这兴趣让她的脸都变得好看了一些。当然了，她是女主人，我没有任何资格批评她。在进行这种娱乐活动的时候，她全神贯注得就像个孩子。只是这第三个人，这个轻浮的女人，老天啊，这个女人！她翻着白眼下注、出牌，脑子里不知道在想什么奇怪的事，肯定觉得自己最漂亮、最优秀、最聪明。哪怕隔着两米远，哪怕只是在脑子里，都不会有人想要亲吻她。这是一个被宠坏了的姑娘。瞧她的尖鼻子，轻轻碰一下都能让人生出寒意。还有她说话、笑、抱怨和大叫的腔调，听上去多么造作。我认为她是一个可怕的坏人，而在她旁边的我的太太就是一位天使。"

　　假如不是托布勒太太这时突然想到一个主意，而且马上说出了自己的想法，约瑟夫恐怕还会继续这样腹诽下去。托布勒太太想"今晚到湖上去划贡多拉"。这个夜晚那么美，要花的那点钱也不足挂齿。因为牌局刚好结束，所以也没有人反对她的这个提议，连托布勒先生都瓮声瓮气地表示赞同。作为一个什么差事都合适干的人，约瑟夫被派到村里去，他要从那儿把一艘三排座的宽体小船沿湖岸划到别墅这边，中间不能停，天已经晚了，所以动作得快。大家将在山下一个类似码头的地方上船。雇员已经出发了，托布勒先生不想参与，上了年纪的工厂女老板也不能去，托布勒太太决定带上孩子们。年轻姑娘表示不但愿意一起去，还会努力地跟着划船。主妇于是去准备划船需要的东西。

大家在托布勒别墅下方的停靠地等着，那是一段废弃的旧堤坝，上面有宽大的石板。约瑟夫终于划着船过来了，大家开始登船，先是托布勒太太，随后孩子们被一个个递给她。两个男孩表现得很顽劣，经人提醒他们这样恣意妄为可能会有危险，这才收敛了许多。两个女孩很安静，小手紧抓着船帮。约瑟夫一直拉着固定船的铁链，他最后一个上船。船出发了，约瑟夫划桨，他很会划，但船前进的速度很慢，不过也并没有人提出要更快一些。天突然凉了下来。托布勒太太盯着孩子们，警告他们要乖，千万不要乱动，不然会出大事，所有人都会悲惨地淹死。四个孩子认真听着这些奇怪的话，他们很安静，连两个男孩子也是，因为像这样包裹在夜色中，漂在低声呢喃的水上，坐在悄无声息向前滑动的船里，这一切都让他们有些害怕。托布勒太太小声说这里多美啊，她觉得自己能想到这样一个主意真好。终于又能享受一次，她丈夫要是能一起来就更好了。不过，她补充说，这些事他不懂。——多么凉爽，多么美好！

黑色的水泛着微光，大狗莱奥游着水跟在这一叶小舟后面。大家喊它。孩子们喊它的名字，跟它亲热地说话。托布勒太太身旁放着她的丝绸小伞，一顶插着羽毛的帽子修饰着她细长的头。她的手和胳膊都裹在白色的长手套里。邻居小姐不停地说话，托布勒太太平常对此倒也称不上反感，不过现在，她只是心不在焉地回答几个字。大自然仿佛美丽、幸福的梦，让她突然觉得，日间琐事以及关于那些琐事的喋喋不休都变得无足轻重、没有价值了。她的大眼睛伴着船的滑行静静地闪烁着美丽的光。约瑟夫划累了吗，她问。不累，想到哪儿去了，约瑟夫回答说。邻居小姐想坐到划船的位置上去，但托布勒太太拦住了她，因为那样会让船剧烈晃动。船也不用走得那么快，划得越慢，这段本就不长的行程便能拉得越长，她希望如此，因为这很美。

这个女人有着纯正的市民阶层出身，在强调功用与洁净的氛围中，在将务实与审慎视为最高美德的地方长大，生活中没有享受到多少浪漫，这便是为何她热爱浪漫，因为她是把它们珍藏在灵魂深处的。倘若她不想成为"疯疯癫癫的女人"，有些东西在丈夫和世人面前要小心隐藏，但那些东西并不会因此消失，而是会在逼仄与寂静中继续自己奇特的存在。假如有一天，有个小小的机会忽闪着恳求的大眼睛来打招呼，已被淡忘的那些东西就会苏醒过来，但也只是短暂地醒过来而已。那些可以当众表现自己的享乐与欲望，能够轻易拥有这种生活条件的人，他们的灵魂里和心中燃烧起的一切都会迅速归于沉寂。不，这个女人对色彩或类似的东西一窍不通，她完全不懂得什么是美的规律，但正因如此，她才能感受到美。她从来没有时间去读讲述高深思想的书，甚至完全没有想过什么是高，什么是低，但现在，高深的思想自己找上门来了，深邃的情感被她的懵懂吸引，用湿润的翅膀盖住了她的意识。

缓缓前行的小船周围凉爽、幽暗，湖上一片寂静，寂和静与人的感受以及夜浓重的黑糅合在一起。岸边闪过散落的光，传来零零星星的声音，其中夹杂着一个清亮的男声。对面沙滩上传来七弦竖琴温暖的声音，那乐声就像是花朵或常春藤，盘蔓在夏夜湖面幽暗、芬芳的寂静之上。一切都带着种奇特的舒适、满足和举足轻重。深邃紧贴着深不可测的湿润。女人将手轻轻插进水中，说了些什么，就像是在对着下面的水说话。水稳稳地托举着，这美丽、深邃的水。有一回，一艘船从旁边驶过，上面只坐了一个男人。那船紧贴着托布勒家的船过去，托布勒太太轻轻发出了一声近乎恐惧的尖叫。没有人看见那船是怎么过来的，它仿佛是突然从他们旁边冒出来的，从未知的远方或某个深处。天空中繁星密布。顶起，漂浮，旋转。女人说自己感到有点冷，她把带来的围巾披在肩上。约瑟夫看着她，觉得她似乎在黑暗中笑了笑，但他看得不是很真切。我们的莱奥在哪儿？她问。在那儿，那儿，它跟在船后面游呢，男孩瓦尔特大声说。

上来，升起吧，深邃！好，它唱着歌从水面上升起，在天与湖之间形成了又一片广大的湖。这深邃无影无形，没有眼睛能看到它变成什么；它唱歌，但没有耳朵能听到那曲调；它伸出湿漉漉的、长长的手，却没有手能伸向它。它在暗夜中的这艘小船两边高高地挺立起身体，但没有任何知识知晓这一点。没有眼睛会与这深邃四目相对。水消散，透明的深邃打开，船就像是在水下继续前行，平静、伴着乐声且安全。——

约瑟夫过于沉浸在自己的想象中，没有注意船已经驶到了尽头。船撞在岸上，确切地说，是撞在从堤岸前的水中伸出的一根木桩上。站在木桩旁的托布勒先生冲自己的下属喊着说，不能小心一点吗，真不知道约瑟夫是在什么地方学的划船掌舵。不过这事没有造成任何伤害，所有人都安然无恙地下了船。这个夜晚的后半段，他们是在一座满是人的漂亮的啤酒花园里度过的，托布勒先生在那儿碰到了熟人。那是一位列车员和他的妻子，他和两人高谈阔论。这位公务员的妻子是个活泼的小个子女人，她说起自己的母鸡和鸡蛋，以及这两样利润丰厚的产品的火爆生意。大家一直在笑。托布勒按照约瑟夫的性质介绍他说这是"我的雇员"。一个做售货员的年轻法国女孩迈着小碎步从他们身边走过。"Une jolie petite française."[1] 列车员的妻子说，显然很满足于能从记忆中挖出几句可以顺畅说出来的法语。德语区的人就是这样，总是很愿意让别人知道自己会法语。

"我的女主人一句法语也不懂，"约瑟夫心想，"这个可怜的女人！"

后来，大家一起回了家。

1　法语，意为"一个漂亮的法国小姑娘"。

约瑟夫回到房间里，点上一根蜡烛。他没有马上去睡觉，而是脱掉外面的衣服，站在窗边，自言自语地说了下面这番话："我有什么贡献？只要愿意，我马上就可以上床，睡一个健康、深沉的觉，不会受任何人打扰。去了啤酒花园有酒喝，可以载着太太和孩子们划贡多拉，有饭吃，上面这里的空气清新，说起别人对我的态度，如果还要抱怨的话，那可就违心了。光线、空气，还有健康，我为此付出的又是什么呢？我能够做的是什么让人满意或者有意义的事吗？我是个聪明人吗？真的把自己的聪明用到了极致吗？我今天都为托布勒先生做了什么呢？都是合理的好事，但我非常肯定，我的主人兼上司还没有因为我得到多少好处。我缺少魄力、主动和热情吗？这是有可能的，我的确有一股与生俱来的奇特、全面的安静。这有什么不对吗？当然不对，因为托布勒的生意需要人全情投入，而灵魂的平静就像是枯干的冷漠。比如说这个广告钟的命运，它真是牵住了我的那个自我的每丝每缕吗？我的身心中真的全是它吗？得承认，我经常会想些完全不相干的事。这可是背叛，我亲爱的助理先生，赶快一头扎进别人的事业里吧，你还吃着别人家的饭，跟别人的妻子和孩子一起去湖上划船，躺在别人家的枕头和床上，喝着别人家的葡萄酒。打起精神，最重要的是保持脑子的整洁。我的意思是，咱们在托布勒家可不是来享受的，让自己吃点苦，这也是一种荣耀。加油！"

约瑟夫这时已经脱了衣服。他熄灭蜡烛，倒在床上，对"自己缺乏头脑"的谴责又折磨了他一会儿。

在梦中，他突然来到了维西希夫人的客厅。他知道自己在哪儿，但又不是很清楚。房间里很亮，但又仿佛盛满了湖水。维西希家的人都变成鱼了吗？奇怪的是，自己还抽着烟斗，那是托布勒的烟斗，是他最喜欢用的那根。托布勒本人似乎也在旁边，能听到他响亮的男声，那是纯粹的顶头上司式的声音，整个客厅都仿佛被这声音包围，或者说被它抱住了。这时，门开了，维西希走了进来，脸比平常更加苍白。他在角落里坐下，房间依然在那个声音的包裹之下颤抖着。周围真亮啊，但并不是日光，也不是月光，而是一种湿润、透明的光，他们本就是在水下嘛。维西希夫人正在做针线活，但她手里的活计突然融化，变成一种闪着光的尖锐的东西。约瑟夫说："瞧啊，眼泪！"他为什么要说这句话？就在这时，托布勒的声音突然像暴风雨一样在这贫穷之屋四周轰响，但老妇人只是笑，仔细看那笑容，是大狗莱奥，因为刚才游过水，它身上还湿漉漉的。可怕的声音慢慢变成了飒飒声，仿佛树叶在夏日正午无声的热风吹动下发出的那种沙沙声和飒飒声。托布勒太太出现了，身上穿着乌黑的绸缎裙子，不知道她为什么要穿这个。她一副行善者的优雅表情，慢慢朝维西希夫人走过去。突然间，她的情绪似乎转变了方向，她搂住老妇人的脖子，亲吻了她。托布勒用低沉的声音说着什么，但听不懂他说的是什么，约瑟夫觉得，他或许认为自己的妻子没有必要突然这样冲动。这时，维西希家的房间突然变成了那个发型和妆容都异常丑陋的香烟店老板的店铺，以前约瑟夫每天都会坐在店里的凳子上，听那张嘴讲故事。她现在也在讲，这是一个冗长、单调、悲伤又奇怪的故事，虽然故事很长，却一下子就讲完了。这是我的梦，还是真的发生过？约瑟夫想，卖香烟的女人跟维西希夫人有什么关系？这时，一艘结构精巧、弧线优美的金色的船驶进了店里，那个女人上了船，船带着她开走了，越来越远，直到消失在一片黑色、刺眼、锐利的空间里，但她剩下的那个点始终高高地悬在空中。梦的内容再次跳跃，来到了托布勒地下室的工作间里，约瑟夫看见自己只穿着衬衫，坐在书桌前写东西，所有的一切都带着疑问的眼神看着他，眼神锐利，充满怀疑。是什么在仔细观察他，他没有看清，反正就是所有的一切，似乎是有生命存在的整个世界。到处都是眼睛，恶毒地为他奇怪的弱点而开心。办公室里因为这些幸灾乐祸而泛着绿色，刺眼的绿。他想站起来，从这个让他感到羞耻的地方离开，却被牢牢地粘在那里。他害怕极了，醒了过来。——

　　他觉得口干舌燥，起身喝了杯水，然后走到

窗边喘了口气。他仔细听着外面的声音，一片寂静，浅白的月光给这个地方施加了魔力，对它窃窃私语。暖暖的。山下那些矮小陈旧的工人住宅似乎以各自的方式睡着了，没有一星半点来自人类的光或灯光！湖面上笼罩着一层雾气，挡住了人的视线。一只鸟怯生生的鸣叫短暂打断了夜的寂静。这样的月光几乎成为具象的睡眠。真安静啊，约瑟夫不记得自己曾经看到过类似的画面。他差点在敞开的窗户跟前站着睡着。

第二天早晨，他迟到了。

他可不喜欢这个，托布勒生气地说。

约瑟夫颇为放肆地说，就这几分钟而已，没什么大不了的。这下他可捅了马蜂窝，不但要面对一张气愤的脸，还得听下面这番话：

"您应该准时来工作。我的家和我的公司可不是没规矩的鸡窝。如果您醒不过来，那就去弄个闹钟。还有，您到底想不想干？假如您没有这个愿望的话，那就直说，我们跟您尽快了断，城里有足够的人对这个职位感兴趣，我只要坐火车去一趟，今天就能去街上挑一个。我希望您准时，明白吗？否则——接下来的话我现在不想说。"

约瑟夫谨慎地保持着沉默。

半个小时之后，托布勒先生在助理面前又变成了极和气、友好的主人，他差点因为满到溢出的善良与约瑟夫你我相称，叫他马蒂。到目前为止，他一直是叫约瑟夫"马蒂先生"的。

这友好是因为一个外在的因素，可以用对祖国的热爱来解释；因为第二天是八月一日，是一年一度举国纪念先辈们高尚、勇敢行为的日子。

约瑟夫被派到村里去采购明天需要的各种东西：大灯小灯、各种旗子，还有用来放烟火的蜡烛和燃料。除此之外，他还应该迅速让村里的装订工人准备一个两米见方的木框，没想到那个人还会做这种框。另外，还要买两块做旗子的布，一块深红色，一块白色，这两块布回头会被绷在木框上，做成国徽：一大片红色的正中是个白色的十字。所有这些东西都将在明天晚上摆放在托布勒别墅前，他们会在木框和图案后面放上点燃的灯，这样灯光就会透过那块布，让人远远就能看到这个国家亮闪闪的两种颜色。

一个半小时之后，所有需要的东西都送到了。来了一群人动手帮忙装饰房子，他们突然就出现了，在檐口和壁龛上，在隔板架、窗户和栅栏上挂小旗子和灯，就连花园的灌木丛和比较粗壮的植物上也横架竖放，或挂或夹，都装饰了照明的东西，直到托布勒家的所有地盘上再没有被偷偷忽略掉或是没有为放焰火做好准备的地方。托布勒看上去多么高兴啊，这是他喜欢的，他似乎比任何人都适合庆祝节日和各种节庆活动。他不断走出去，在房前这儿整整，那儿理理，用钳子拧一下铁丝，把挂歪了的灯泡扶正，或者只是站在那儿看看。他似乎已经忘记了自己的广告钟，或者至少暂时把它抛到了脑后。对孩子们来说，这一切自然是欢乐、喜庆和充满神秘感的，他们大惊小怪，不停问这问那，想知道这些都代表着什么。在这一天，约瑟夫因为庆典有很多事情要做，无暇去想自己为托布勒干的这些算不算真正的工作。托布勒太太的脸上似乎一整天都挂着微笑，至于天气——

托布勒说，假如天气能一直这么好的话，那完全可以搞点特别的安排，这种时候不用太考虑要花的那点钱，说到底这也是为了祖国，身体里没有一点爱国之情的男人或者说人，也是很可怜的，而且他们所做的也都没有超出合理的限度，因为不需要太过铺张。说实在的，对这些事完全没有想法的人，那些整天只想着自己的工作和钱箱的人，不配拥有一个美丽的国家，这种人可以随时决定坐船去美国或者澳大利亚，反正对他们来说哪儿都一样。而且这也事关个人喜好。他，托布勒，就是喜欢这个，那这样就挺好的。

一面漂亮的大旗垂在约瑟夫的阁楼间外迎风飘扬。在风的吹拂下，旗子轻飘飘的身体或是勇敢而骄傲地鼓动，或是羞愧而疲惫地蜷缩，或是造作地围着旗杆扭曲、摇摆，仿佛被自己优雅的动作照耀、映射。随后，它又突然铺展开来高高飞起，一副胜利者或强大保护者的模样，接着又慢慢缩回去，感动而又充满爱意。天空蓝得耀眼。

生意上的事基本没法做什么。邮差（没想到他今天还会来送信）送来一张金额相当大的账单，是因为不久前才给塔楼加装了铜顶，那面美丽的旗子现在就插在这座铜屋顶上。托布勒皱起的眉头体现出了账单的额度，一清二楚，几乎像数学一样精确，让人仿佛从那眉头上就能读出准确的数字。这种事作为爱国庆典上的插曲的确不怎么合适。

"这个不急。"上司说着，把账单丢在约瑟夫俯在书桌上边思考、边写信的脑袋旁。约瑟夫从鼻子里哼了一句：当然！就仿佛他已经在这家公司干了很多年，对主人的各种情况、习惯、痛苦、喜悦和希望都了如指掌。此外，他觉得今天应该有好的语气和表情，毕竟天气这么好——

"这些人要账的时候就这么着急。"托布勒说。他正在画图，那是一张"深钻机"的草图。

"就算广告钟不行，这台钻机至少是可以的。"他冲约瑟夫的方向嘟囔道，从写信的桌子那里再次传来回答：

"当然!"

"实在不行，我还有'自动狩猎售卖机'，有这个就都能补上了。""绘图桌"说，"商业部"那边随即回答：

"没错！"

"我自己说的话，自己当真信吗？"约瑟夫想。

"不要忘了，还有那把病人专用椅的专利。"托布勒大声说。

"哇啊！"助理说。

托布勒问约瑟夫，现在是否真的对这些东西有一些了解了。

"是的。"写字的人觉得可以这样回答。

给国家专利局的信是否拟好了？

"还没有。"约瑟夫今天还没有时间做这件事。

"那就干啊，见鬼！"

约瑟夫把信拿来签字的时候，雇主发现信写错了，于是信被撕掉，得重新写，但下午的咖啡带来的愉悦并没有因此而减少，而且他还收到了魏斯太太从城里寄来的对他之前那封信的回复。魏斯太太说他不用着急还钱，还有时间。这封信写得很平淡，甚至称得上乏味。不过，难道他还期望着会是不一样的情形？完全没有，他从来没觉得这个好心的妇人俏皮风趣过。

今天，他第一次注意到托布勒太太耳朵下方的脖子那里有一道伤疤。

这是怎么来的？

她告诉约瑟夫说是手术留下的，这个地方还得再接受一次手术，因为病还没有好。她抱怨说：就为了这么一件事，扔一大笔钱给昂贵的医疗艺术，结果还说不上完全治愈。是的，她说，那些人，那些医生和教授用手术刀割开一道凡人用肉眼都不一定看得到的小口子，就让你交一大笔钱，为的是什么呢？为的是能让他们犯错，这样你过不了多久就又得上他们那儿去，然后治疗又从头开始。

疼吗？

"嗯！有时候会！"妇人说。

接着，她又给约瑟夫讲起手术的过程。她如何被要求走进一个空荡荡的大厅，里面只有一张高高的床或者架子之类的东西，四个穿得一模一样的护士，谁跟谁都看不出区别，一样的空洞且缺乏感情。她们的脸也长得很像，就像四块颜色相同的石头。接下来，有人命令她爬上那个架子，说话的语气生硬得让人感到怪异。她并不想夸张，可当时她的确觉得很恐怖。她周围没有一点友好，甚至连指甲盖那么大点的友好都不存在，一切都让她觉得生硬、疏离，没有一点柔和的表情，没有半句抚慰的话，就好像稍稍一点善意都会让她中毒、被传染，甚至会要了她的命。她觉得，这样的谨慎或者说对正确的追求，还是有点太过分了。接着，他们给她麻醉，从那时起，她自然什么都感觉不到，也不知道了，直到一切结束。也许这一切都是必需的，她这样结束自己的讲述，只是这让人觉得有些过分冰冷。不过，真正的医生也许根本就不能有温度，谁又能说得清呢。

她叹息着，用手理了理自己的头发。

想到还要去那里躺一次，她继续说道，这让她感觉难受、痛苦。这里面还有一个原因，约瑟夫应该很容易猜到。她觉得跟丈夫开这个口很为难，约瑟夫也知道，现在家里的经济状况越来越不好，在这种情况下，只要不造成额外的支出，家里的主妇就很高兴了。这可恶的钱，整天为这种东西忧心真是丢人。不，她笑着说，在把钱给医生之前，她要先买条新裙子，这件事她已经想了很久，至于医生嘛，要她说的话，医生可以再等等。

约瑟夫心想："主人想让五金作坊等一等，太太想让医生等一等。"——

八月一日！

一个傍晚、一个深夜和一个白天风平浪静地过去了，又到了傍晚，这天傍晚是庆典时间。大家点上蜡烛，远处礼炮的闷响传进聚集在房子四周的人们的耳朵里。托布勒准备了几瓶优质葡萄酒，负责加工"自动狩猎售卖机"的机械师也从隔壁村来参加托布勒家的庆祝活动。木地板厂的两个女人也来了，大家坐在花园小屋里，打开了葡萄酒。托布勒脸上已经洋溢着狂欢的喜悦，一种奇特的光照在他泛着红光的脸上，天空和大地越是黑暗，那光就越是强烈。约瑟夫点亮蜡烛和灯，他得去每一丛灌木下面寻找这些照明的东西。从村里传来模糊的歌声和嘈杂声，那个离这里不到一公里的地方应该正处于一片欢腾之中。礼炮声又响起！这次是从湖对岸轰鸣着传来的。托布勒喊道："对面的人也很认真啊！"他叫来约瑟夫，让他也"喝点"，并吩咐了一堆关于如何用电力照亮大国徽的事让约瑟夫去做。今天晚上，雇员是伟大神圣祖国的一名雇员。

在这个伟大的夜晚，托布勒先生声音响亮。烟花或是带着噼啪、嘶嘶的声音飞上天，或是爆出一片火光。整条火蛇在助理的指挥下蹿进漆黑的空中，这里真像是马上要变成《一千零一夜》中的故事。又是砰的一声从远处传来，村子里也开始放礼炮了。托布勒喊道："嗨？你们也开始了吗？你们又是最慢的，总是这个样子，你们这群泡酒馆的人！"——他放声大笑，满满一杯葡萄酒在他手里摇摇晃晃，发出浅金色的光芒。他不大的眼睛闪闪发亮，也像要发射烟火似的。

烟花一簇接着一簇，光束和火蛇接二连三亮起。约瑟夫站在那儿，就像激战正酣的战场上勇敢的火炮手。他摆出罗马斗士的高贵姿态，似乎决心为荣誉流尽最后一滴鲜血。这并不是刻意为之，而是自然而然的，在这种时候，人总会觉得自己是个什么，关于美好、高尚与独特的想法自动出现，需要的只是配上一点酒和隆隆的枪炮声，对于非凡的狂热就已经编织完毕，而且足够结实，可供一整个漫长、安静、低调的夜晚所用。约瑟夫也跟他的主人一样，被庆典之夜的火热点燃了内心。

"开炮啊，你们这些无赖！"

托布勒这话是冲着村子的方向喊的，他指的是村里的几个人。每次去喝啤酒时，他只要说起自己的技术发明，那些人就阴阳怪气的。他要用这样的表达和大喊明确表示对那些"脓包"的蔑视，他再次冲那些人喊话的时候换了这个词。

"哎呀卡尔！"

托布勒太太忍不住高声笑起来。

这时，远处看不见的山顶上燃起了欢乐的火光，仿佛高高地飘在半空中，美得让人狂喜。大而沉重的号角声也从远方的高处飘下，缓慢地发出金属质感的呼吸声，经久不息。一切都很美，所有的耳朵都在认真倾听。是啊，群山一旦开始发出声响或者说话，这些慌里慌张地嗤嗤、噼啪着的烟花很快就都会闭嘴了。山火安静而长久地燃烧着，近处的毛毛雨朝空中飞去，制造出许多短暂的成就感与声音，但很快又归于无形。

被灯光照亮的红白两色的巨大国徽让托布勒格外满意，因此他又让人拿来几瓶酒，不停往众人的杯子里添酒。嗨，他大声说，今天可得好好喝。

于是酒杯们殷勤地叮叮当当，碰杯声与笑声交织在一起，飘荡在各种突然冒出并得到实施的愚蠢行为之上。脸颊与眼神一样滚烫。孩子们当然早就被托布勒太太吩咐带去睡觉。有人偷偷把酒瓶的软木塞涂成红色，然后冷不丁把这东西按在木地板厂女老板的鼻子上，木塞就粘在了那里。托布勒看到这一幕，差点笑个半死，他捧着自己的腮帮子，免得腮帮子笑破了。

庆祝活动终于伴着参与者唇边的最后一杯酒逐渐安静下来，慢慢褪去了微笑。嬉闹的兴趣没了力气，跌跌撞撞的，随时要昏睡过去。女人们起身回家，男人们在花园小屋里又多坐了半个小时，并渐渐恢复严肃。

托布勒家在贝伦斯魏尔村，离州首府坐火车大约三刻钟。贝伦斯魏尔跟这个地方的所有村子一样，周围风景绝佳，有许多或壮丽，或伟岸，或大众的建筑，部分建筑是洛可可时代留下来的。这里还有很多大工厂，例如丝绸厂、纺织厂，这些工厂也都很有年头了。大约一百五十年前，工业和商业第一次在这里转动起或多或少有些简陋的齿轮和传动带，到今天，它们不仅在国内，更是在世界上的许多地方都获得了良好的声誉。商人和工厂主并不只是挣钱，随着时间的推移，加上审美趣味的改变，他们也开始花钱，简单来说就是，他们开始懂得生活，就像如今我们看到的这样。这些人在不同的时代，用不同的建筑风格为自己建起各种迷人的、别墅一样的建筑物。这些建筑物并不过分招眼，但美丽的外观直到今天还在吸引偶尔到此的访客，使他们生出赞叹和默默的羡慕。那些发了家的人深知如何把自己的小宫殿或房屋弄得既有品位又有分量，好让别人意识到，这里曾经有过美好、稳固的家庭生活。这些古老、高贵的商人家族的后代到今天依然在用恰当的风格盖房子，他们喜欢把自己的房子藏在已经有些年头的、枝繁叶茂的花园里，因为相同的血脉将对独特和谦逊的追求传给了这些后世子孙。不过，我们在贝伦斯魏尔（也写作贝伦斯韦尔）也能看到很多破旧的房屋，房子里住的是工人。作为富裕和精致的反面，这些房子同样有很长的自然传承。穷人的房子也可以是坚固的，能够像那些富裕、优越的房屋一样长久、合理地存在。只要豪华和精致的生活还存在，贫穷就不会消失。

贝伦斯魏尔就是这样一座若有所思的美丽村庄。这里的街巷仿佛花园小径，村子的外观结合了城市与乡村的气质和生活方式。假如你在这里看到一位高傲的夫人带着随从乘马车经过，不用傻乎乎地因为惊讶而使劲拍自己的脑门，只要看看那些工厂的烟囱，想一下这里是赚钱的地方，并且大家都知道，钱能带来一切。即便有穿着整齐制服的随从赶着四轮轻便马车出现，也不是什么了不得的新鲜事。坐车的人不必非得是什么伯爵夫人、男爵夫人，也完全有可能是某个工厂主的夫人，等到这个地方的手工业者凭借令人自豪的勤奋，果真成为国家和城市古老的贵族家庭之后，就更是如此了。

有知识的外乡人会说，贝伦斯魏尔是个"迷人的小村庄"。然而一段时间以来，托布勒先生不这样说了，他甚至会咒骂这个"肮脏的破村子"，因为经常跟他一起在"帆船"喝酒的几个贝伦斯魏尔人，总是不太相信他的技术工作有稳固的经济支持。

他要证明给这些人看。最近他经常说，这些人总有一天会瞪大他们的眼睛。

托布勒先生为什么会搬到这儿来？他为什么会选择这个地方作为居住地？关于这个问题有如下这个有些含混的故事。仅仅三年之前，托布勒还是个普通的雇员，是一家大型机器制造厂的助理工程师。有一天，他继承了一大笔财产，自立门户的计划由此具体了起来。一个相对来说还算年轻、热血的男人，在所有事情上都会有些操之过急，包括实施自己的秘密计划。这其实也无可厚非。有一天晚上，或是在夜里，或是在白天，托布勒突然在报纸上读到一则广告，说长庚星别墅（这栋房子的名字）挂牌出售。有绝佳的湖景、美丽高贵的花园，离州首府不远，坐火车可便捷到达。见鬼，他当时心想，这很适合自己！他当机立断买下这处房产，作为自由、独立的发明家和商人，他喜欢住在哪里就可以住在哪里，而不会被束缚在任何一个地方。

一栋自己的房子！这是将托布勒吸引到贝伦斯魏尔来的唯一理由。这房子在哪儿无所谓，重要的是，它属于自己。托布勒想要做一个可以随意支配、自由决定的主人，而他现在就是这样。

节日后的第二天清晨，约瑟夫在楼下的办公

室里看了看那台"自动狩猎售卖机"是怎么回事，毕竟这东西也是需要研究的。为此他拿起了一张纸，上面除了图样之外，还有这台机器的详细描述。托布勒的这个二号产品是怎么回事来着？头号产品的情况他已经差不多背下来了，约瑟夫觉得，现在是时候关注其他东西了。他很惊讶地发现，自己竟然迅速弄清了这个二号产品的内在和外在的实质。

"自动狩猎售卖机"就像旅行的人在火车站或酒馆里随处能看到的自动巧克力售卖机，只不过从里面掉出来的不是糖果、薄荷糖之类的东西，而是弹药。所以说，这个想法本身并不新，只不过是被巧妙运用在另外一个生活场景中而已，更细致，用途更专一。托布勒这台自动售卖机的体型也要大很多。这是一台高一米八，宽七十五厘米的机器，又高又厚，粗壮得堪比一棵百年老树。机器在大约一人高的位置留了一条缝，可以塞硬币或者买的购物币进去。钱扔进去之后，稍稍等一下就可以去扳一根摸着很舒服的手柄，然后轻轻松松地取出掉进一只敞口碗里的弹药，整个设计既实用又简单。机器内部是三根相互牵连的传动杆，以及一条朝下倾斜，用来运送弹药的滑道。弹药采用符合国家标准的包装，大小一致，三十包叠成一摞。拉动那根有舒适手柄的传动杆，一摞弹药中就会有一袋优雅地滑出。接下来，设备继续工作，也就是说，它会静静地等着下一个、再下一个射手走过来，并重新开始刚才描述的过程。然而还不仅如此！这台自动售卖机的一个好处是可以跟广告结合，机器上部有一个圆形的开口，投入硬币，拉动传动杆之后，开口里会出现绘制精美的广告。这个做广告的东西结构很简单，就是围成一圈的各种颜色的纸，这个圈跟机器里的传动结构目标明确地紧密连接在一起，每次有一个弹药袋掉下，纸圈就转动一下，随即就会有一则广告精准地出现在圆形开口里。这条纸，或者说纸圈，被分成了许多"格"，如果要使用这些"格"就得付钱，靠这笔钱可以轻松地收回制造自动售卖机的成本："这台售卖机可以在射击节的时候摆到草地上去，至于广告，跟广告钟一样，还是要先去找大公司，拿到预订或者委托。如果可以假设每个格子里都能放上广告（这个假设是绝对成立的），那么托布勒（约瑟夫沉浸在自己的想法中，已经开始自言自语）又能挣一大笔钱，广告带来的收入将大大超过制造的费用。如果要在多台机器中占格，先按十台算吧，那当然能给个大折扣。"

贝伦斯魏尔储蓄银行的一名外勤走了进来。

"当然又是汇票。"约瑟夫心想。他从座位上站起身，接过那张票，从不同方向看它，来回甩动，仔细地检查，脸上挂着思索和郑重的表情，并对那个外勤说：好，他们会去一趟的。

那个人取回汇票，走了。约瑟夫马上拿起笔，给开汇票的人写信，请求再宽限一个月。

这信写起来真容易，银行那边也得打个电话。希望很快能驾轻就熟地处理这些事。他不过是站在那儿，眼睛紧盯着要支付的金额，随后平静地，甚至有些严厉地看着那个外勤，对方就肃然起敬了！要对付来跟托布勒要钱的人，还得改进方式，得更强硬地打发他们，这是他的责任，是出于他对托布勒先生的细腻情感。现在无论如何都不能让上司想起这些讨厌的琐事，他有其他事情要做，心思应该只放在大事上。托布勒雇人不就是为了达成这个目的，好让这名或许算得上聪明、机灵的雇员能接手那些烦人的鸡毛蒜皮，把它们挡在门口，把那些不请自来、神情僵硬地索要汇兑的人打发走。约瑟夫现在就是这样做的，为此，他要再抽一根刚从村里买回来的雪茄。

他在办公室里踱来踱去，托布勒今天出去谈生意了，估计一整天都不会在家。希望那个约翰内斯·菲舍尔先生不会现在跑来，那样的话可就不好办了。

这个约翰内斯·菲舍尔看到了"寻找投资人"的那则广告之后，写信来说自己很可能最近就会到贝伦斯魏尔，来看一下广告里的那些技术发明。

这个男人的笔迹柔弱，几乎像是女人写的。托布勒则完全不同，他的字就像是用拐杖写的。这种字迹瘦长、细腻的人，一看就感觉很有钱，几乎所有的有钱人，写字都跟这个男人很像：精确，同时又有些漫不经心。这字迹非常符合那种优雅、轻盈的体态，几乎觉察不到的点头，安静的、会说话的手部动作。这笔迹纤长，散发着冰冷的气息，这样写字的人肯定不会是个热血青年。寥寥几句话：简短，风格中规中矩，礼貌与简洁甚至延伸到了这张极为光洁的信纸上。这位素昧平生的约翰内斯·菲舍尔先生竟然还喷了香水。但愿他不是今天来，否则托布勒先生会感到无比遗憾，没错，他会气得暴跳如雷。他走的时候还嘱咐说，等这位先生来了，要给他仔细展示、讲解，而且特别对约瑟夫强调说，无论如何不能放这个菲舍尔先生走，一定要想办法留住他，直到自己回到家。也许这个让人感觉非常高贵的陌生人会愿意喝杯咖啡，因为他似乎还没有高贵到连咖啡都不喝的程度。像托布勒家那座精致的花园小屋，不管是谁，哪怕是位高权重的大老爷，也会静静地欣赏、享受。再者说，这位投资人先生很有可能只是过来随便看看，约瑟夫觉得准备得已经很充分了。

可他心里还是有些打鼓。

不过上司不在时，这里的生活对他来说真是非常美好。面对这样的上司，就算他是世界上最和善的人，总归还是要小心点：他心情好的时候，人就总担心会出点什么事，让这位主宰的愉悦心情突然一百八十度大转弯。假如上司满腹牢骚、说话尖刻，那就更要肩负起把自己当成一个大无赖的艰巨任务，因为人总是会不由自主地把自己看成那个破坏气氛的可耻分子。假如上司情绪平静、稳定，那他的任务就是不给这种平静带去哪怕一丝一毫的破坏，不让这平静被任何绽开的裂缝伤害。假如主人起了玩心，那就要立即变身一只卷毛狗，并模仿这有趣的动物，灵巧地接住主人抛出的玩笑和段子。假如他好心，那就要觉得自己很可怜；假如他粗鲁，就要觉得有义务微笑。

主人不在家的时候，整栋房子都变得不一样了。妇人似乎变了个样子，孩子们，具体说是那两个男孩，从老远的地方就能看出他们有多享受严厉的父亲不在家的日子。托布勒一离开，某种让人害怕的东西也跟着离开了，还有那种过分紧张、郑重其事的气氛。

"我是个胆小怕事的雇员吗?"约瑟夫心想。这时,那个名叫希尔薇的稍大的女孩来喊他吃午饭。

下午,约瑟夫正坐在花园里跟托布勒太太聊天,有位先生穿过花园朝房子这边走来。

"您去办公室吧,来人了。"妇人对助理说。

助理急匆匆地跑开,刚跑到办公室门口,陌生人就到他跟前了。请问面前的是不是托布勒先生?来人用悦耳的声音问。不是,约瑟夫有些手足无措地说,托布勒先生恰好出门去了,他自己只是雇员,但还是请对方先进办公室。

那位先生报出了自己的名字。"啊,菲舍尔先生!"约瑟夫叫道。他有点过于兴奋地朝约翰内斯·菲舍尔先生鞠了个躬,随即就意识到自己犯了个错误。

两人走进设计师的办公室。投资者走在前面,马上就开始询问起那些技术产品,并颇有优越感地四下打量。

约瑟夫给他讲了广告钟的设计,并取出一个

实物样本放在客人面前的桌子上，让他参观，同时给那位仔细观察周遭一切的先生讲解这个产品会如何盈利。

来人似乎很感兴趣地听着。他看着广告钟上的鹰翅膀问，广告费的额度是否有可能计算得不太对？这种情况也是很容易出现的。是否已经有人订购了广告钟？

他问得气定神闲，一副若有所思的样子。约瑟夫认为这对自己有利，不过他这样想或许有些操之过急了。

助理回答说，这个金额是不太可能被认为虚高的，正相反，现在已经有不少订单了。

"这个钟的价格呢？"

约瑟夫试着向菲舍尔先生解释，说的时候稍微有点结巴，他自己也不知道是为什么。由于不知道什么样的举止才合适，他就想悠闲地点上一根烟，可又觉得这种心血来潮似的愿望不是很合适，因此又放弃了。他的脸红了。

"我能看出，"菲舍尔先生说，"这是个非常周密的计划，而且我认为准备得也非常充分。我可以做一点记录吗？"

"当然！"

约瑟夫本想说，当然可以，他的声音和嘴唇却不配合。为什么会这样？他紧张吗？是的，他能清楚地感觉到。他想向对方提议说，这位先生也许会愿意到花园里去喝一杯咖啡。

"我太太在山下等着。"对方随口说道。他用铅笔在一个非常精致的笔记本上写了些什么，然后，突然就结束了。约瑟夫有种不好的感觉，这位投资者似乎对自己记录下来的那些帮助理解的内容并不是很认真。他想开口说自己可以跑一趟山下，去把那位正在等待的太太接上来。

菲舍尔先生说，没见到托布勒先生本人，他感到很遗憾，这很可惜，希望还能有这样的机会，不过不管怎样，他非常感谢刚才的亲切讲解。约瑟夫想说话。

"很遗憾，"对方又说了，"不然的话我很可能会做出一些具体的决定。我非常喜欢这个广告钟，我认为它是能够带来利润的。可否劳烦您向您的上司转达我友好的问候？谢谢。"

"可以。"——这个找不到更好的话说的人是约瑟夫吗？

约翰内斯·菲舍尔先生稍稍鞠了个躬，走了。应该跟上去吗？他现在算是个什么？约瑟夫是不是应该拍拍脑门幡然悔悟？不，他觉得现在应该去花园小屋，告诉那个紧张不安地等待的妇人说，他自己表现得是多么"不负责任地没脑子"。

"愚蠢，非常愚蠢。"他心想。

然而他到花园小屋，或者说那个咖啡屋的时候，托布勒太太正忙着揍那个叫瓦尔特的男孩。她边哭边说，有这样顽劣的孩子真让人伤心。这下雇员的心才真是变得沉甸甸的：一边是哭泣、愤怒的妇人，另一边是带着讽刺，挥手告别的投资者，这一切之后是可能到来的托布勒的斥责。

他在自己十分钟前才匆匆离开的那张椅子上坐下，给自己又倒了杯咖啡，心想："既然有，为什么不喝？此刻，这个世界上的任何禁欲令都不可能把即将到来的风暴从我的头顶引开。"——

"那就是菲舍尔先生吗?"妇人问。她擦干了眼泪,看着山下的乡间公路。菲舍尔先生果然还站在山坡下,似乎正和一位女士轻松愉快地欣赏托布勒的家。

"是的,"约瑟夫回答说,"我想要留住他的,但没办法,他说自己必须走。不过不管怎样,他的地址是有的。"

他在撒谎!这些骗人的话怎么说起来如此心安理得。不,他没有尽力挽留菲舍尔先生,他现在这样说出来,完全就是一个无耻而卑鄙的谎言。

托布勒太太担心地说,她丈夫会因为这件事非常生他俩的气。在这种事上,她太了解自己的丈夫了。

两人沉默了一会儿。希尔薇坐在花园里的一块石头上,轻轻地用愚蠢的声音唱着歌。托布勒太太命令她闭嘴。天真热,阳光灿烂,泛着浅浅的黄和蓝。这会儿已经看不到金主了。

"您是有点害怕吗?"妇人微笑着问。

"有什么可怕的，"约瑟夫还在嘴硬，"谈不上。再者说，如果托布勒先生愿意的话，也可以把我赶走。"

他不该这样说话，妇人说，这样既不聪明，也不合适，会给他的性格披上一层非常糟糕的色彩。他现在当然有点害怕，这很容易就能看出来，但他不用担心，她的"卡尔"不会吃了他的。今天晚上大概会有一场小小的风暴，对这种事约瑟夫应该随时做好心理准备。

她发出清脆的笑声，又继续说下去。

她说自己一直很清楚，丈夫很会给别人留下威严的印象。对外人来说，他几乎有些让人害怕，的确如此，她现在说这话是认真的，她很清楚，但她自己对托布勒没有一丁点害怕的感觉。

"真的?"约瑟夫说。他稍稍放下心来。

真的，妇人絮絮叨叨地接着说，如果搞不明白这样的婚姻关系，那她可真是愚蠢。她觉得，即便是丈夫最可怕的震怒，也更像一出喜剧，而非悲剧，丈夫对自己动粗的时候，不知道为什么，她总是忍不住大笑。她从来就没觉得这有何不对，总是自然而然，但她知道，那样的场面会让有些人惊讶得张大嘴巴和眼睛，因为像她这样似乎非常不独立的女人，竟胆敢认为自己丈夫的行为滑稽。滑稽？有时候，托布勒回家来，会把外界留给他的坏情绪全部发泄在她身上，她并不觉得滑稽，那种时候，她就得祈求上帝给自己大笑的力量。不过，人慢慢就会习惯别人的粗鲁和谩骂，哪怕只是一个"不独立的女人"。就算是这样的一个女人，偶尔也会认真思考人间的事，比如现在，她就在思考他们俩今天晚上将会面对什么样的狂风暴雨，不会持续很久，风暴总是这样的，不过是暂时的而已。

她站起身。这一刻，她身上散发着一种淡定的嘲讽。

约瑟夫快步跑回自己的阁楼间，他想一个人待一会儿，在这紧急关头，他需要稍稍"整理一下思路"，但并没能理出合适的、让人放心的想法。于是他又来到办公室，在那里，他依然无法摆脱那丢人的恐惧感。为了彻底克服这情绪，他直接去了邮局，虽然还没到去那儿的时候。走路让他安心，给他安慰，眼前这个美丽、友好的世界提醒他，不安的情绪毫无意义。在村子里，他喝了一杯啤酒，好让自己能有些幽默的说话腔调。他心想，今天晚上自己一定得迟钝一些。回到家里后，他马上开始干活，用一根橡胶长管给花园浇水，细细的水流在傍晚的空气中划出一道高高的美丽弧线，噼噼啪啪地落在花朵、青草和树木上。假如有什么能让人平静下来的事，那就是浇水了，这个活计让他和托布勒的房子之间建立起一种不但舒适得奇特，而且非常牢固的从属关系。刚刚在养护花园方面表现得异常勤奋的人，肯定不会被骂得太惨。

晚饭的时候有烤鱼。刚吃完烤鱼，马上就变成一个无比悲惨的人，这太不可能了，这两件事完全不搭。

这天的夜晚依然非常美丽。会有人在这么美的夜晚给托布勒的生意带来损失吗？

女佣把灯点上，放到花园里。在这样美丽、亲切的灯光下，托布勒应该不会太把自己错过了菲舍尔先生的来访放在心上。

最后，托布勒太太还想让约瑟夫推着她荡一会儿秋千。她坐在秋千上，约瑟夫拉着绳子，小木板荡了起来，这美丽的一幕，让托布勒可能回家来破坏掉一切的想法轻易就被抛在脑后。

快十点的时候，托布勒太太和约瑟夫听见花园的石子路传来上山的脚步声，是"他"。

奇怪，刚听见这熟悉的脚步声，那个走过来的人就已经出现在眼前了。他真实地出现在面前已经不是什么意外的事，不管他看上去是什么样子。

托布勒又疲惫又烦躁，但这不奇怪，因为他回家时经常是这个样子。他坐下来，大声喘了口气，对他这种身体发福的人来说，爬这座山丘是很费劲的。他让人去拿自己的烟斗，约瑟夫像着了魔一样跑进房子里去取他要的东西，很开心能够至少躲开自己的上司半分钟。

等他把抽烟的工具取来之后，气氛已经变了，托布勒看上去非常可怕，妇人已经迅速把一切都告诉了他。她站在那儿，约瑟夫觉得她看上去异常勇敢。她静静地看着丈夫，后者一副没法破口大骂的样子，因为他预感到会控制不住自己。

"听说菲舍尔先生来了，"他说，"他喜欢那些东西吗？"

"非常喜欢！"

"广告钟？"

"是的，尤其是广告钟，他觉得这是一桩非常好的生意。"

"您让他看自动狩猎售卖机了吗？"

"没有。"

"为什么没有？"

"菲舍尔先生赶时间，他太太在山下的花园门那儿等着。"

"您就让她等着？"

约瑟夫不说话。

"我就雇了这么一个蠢蛋，"托布勒喊道，他已经无法压制愤怒和生意带给他的痛苦，"我就这么不幸，被自己的妻子，以及没用的雇员这样欺骗。这还做什么生意！"

要不是托布勒太太刚好在他的拳头落下之前把煤油灯挪开了一点，灯就被他砸烂了。

"你不用这么激动，"妇人喊道，"说我欺骗你，我不允许你说这样的话。我可还记得娘家在哪儿。约瑟夫也不应该被人用这样的话辱骂。你要是觉得他让你吃亏了，尽可以让他走，但别来这一套。"

作为一个"不独立的女人"，她当然是哭着说这番话的，但话并没有因此减少效力，托布勒马上就安静了下来，"暴风雨"快要过去了。他开始跟约瑟夫商量应该做些什么，才能不让约翰内斯·菲舍尔先生这个金主跑掉。明早马上打个电话。

在某些商人的生活中，电话扮演着重要的角色。商人的强力出击常常是从打电话开始的。

只是想一想明天一早就能给这位菲舍尔先生打电话，就已经让托布勒和约瑟夫重新燃起了希望。有了这种辅助手段，生意怎么可能会受损？

托布勒打算一打完电话就坐火车登门，亲自去拜访这只"溜掉了的鸟"。

虽然心情早已变得轻松愉快，托布勒的声音

却依然有些微微颤抖，似乎激动的情绪还在心中继续燃烧。三个人打牌直到深夜。约瑟夫得学打牌，要知道，不会打这种牌的男人不是真正的男人。

第二天早晨，他们如约打了电话，托布勒冲上火车，脸上充满自信！可到了晚上，那神情就变成了压抑、愤怒和悲伤。生意没谈成，夜晚的花园小屋没有迎来流动资金，而是又一幕的痛苦。托布勒坐在那儿，仿佛化身为风暴，满嘴亵渎神灵的恶毒咒骂，比如，他说最好整个地球都陷入泥沼，最后的结果都一样，反正他自己都是两脚泥。

等他升级到开始诅咒自己和周围的一切都下地狱的时候，托布勒太太提醒他要克制情绪，但托布勒狠狠地给了她一下，托布勒太太的头撞到了桌面上。她站起来，迈着轻柔的步子走了。

"您把您的妻子打疼了。"在一股骑士风范的驱使下，约瑟夫大着胆子说。

"什么打疼了！只是无足轻重的伤罢了。"托布勒回答道。

说完后，两人一起为每天出版的那些大报重

新撰写了一则广告。这次的广告里用了"宝贵的商机""毫无风险的高额利润"这类词汇。明天就把这则广告发出去。

又是周日，约瑟夫依然得了五马克的零花钱，重新获得随意进入绘图室的特权。这绝对是非常诗意的一件事。今天又会有一顿好饭，也许会是烤小牛肉，漂亮的焦黄色，配着花园里摘来的菜花，饭后也许还有苹果慕斯，山上的这个甜品做得特别好吃。他还能抽到好雪茄。托布勒递来雪茄时有种特别的姿态，一边笑，一边讥讽地上下打量对方，就好像约瑟夫是个钳工，所以对他可以说这样的话："给，拿去，您也会想要抽根好烟。"仿佛约瑟夫刚给栅栏刷完漆，或者刚修好门锁、修剪完树木。这是人们给勤劳的园丁递烟的方式。难道约瑟夫不是托布勒的"得力右手"？或者说，难道他认为给这只右手在周日抽根好烟，就算是给了恰如其分的报偿？

约瑟夫今天在床上多躺了一会儿。他打开窗，让清晨白色的阳光照着床上的自己，晃花自己的眼睛，这也是一种享受，跟其他的一些享受一样，例如想一下早饭吃什么。今天真是阳光灿烂，充满周日的气氛。灿烂的阳光和周日的气氛似乎从大老远就结成了兄弟，再加上对那顿安静早餐的热切思念，是的，那早餐也是由灿烂阳光和周日氛围编织而成的，现在他能清楚地感受到这一点。今天怎么可能会有烦心事，怎么会恼怒甚至多愁善感？一切都透着神秘感：所有的思想，他自己的腿，凳子上的衣服，柜子，干净得耀眼的纱帘，洗脸池。但这神秘感并不会引起不安，正相反，它使人安静，冲人微笑，抹平人的心情。其实他脑子里没有想什么，而且根本不知道为什么，似乎是有必须如此的理由。这心不在焉从里到外都沐浴在阳光下，在有阳光的地方，约瑟夫总会不由自主地想到摆在桌上可口的早餐。没错，这愚蠢但又几乎是甜蜜的周日氛围就是从这个简单的想法开始的。

　　他起床了，穿上比平常讲究的衣服，走到外

面归他使用的四方形平台上。从这里能够看到隔壁果园中的树冠。一切都显得那么宁静，耀眼的周日。女佣保利娜正在外面摆早餐。看到这一幕，助理已经按捺不住，急切地想要下楼去享用咖啡、面包、黄油和果酱。

早餐后，他下楼去办公室。下面要做的事不多，但他还是在几乎有些可爱的惯性驱使下，在像厨房餐台一样的书桌边坐下，开始写信。写信这件平日里无比严肃的事，今天也成了纯粹的打发时间。今天，"电话商谈"这个词也跟天气和外面的世界一样，染上了周日的色彩。"请允许我"这句套话变得像托布勒别墅山脚下的湖水一样蓝，信末的"致以崇高的敬意"仿佛散发出咖啡、阳光和樱桃果酱的迷人香气。

他走出办公室，来到花园里。今天本来就是他可以享受的星期日，中断工作去花园里看看也无妨。真香啊，虽然天还早，但已经很热了。也许应该在半个小时之后去游泳，"也不在乎这一会儿"，是的，今天他可以直接对托布勒这样说，他一定也会跟约瑟夫想法一样。星期日和工作日的全部区别就在这个"不在乎这一会儿"里。整个花园都仿佛被施了魔法，被炎热、蜜蜂的嗡嗡声、花的香味施了魔法。今天晚上又得给花园好好浇一次水了。

约瑟夫想到这儿，感觉自己就是一个完美雇员的典范。他把玻璃球搬到外面。

这时，托布勒走了过来，身上穿着一套非常高级的新西装，他告诉约瑟夫，自己今天要带太太和孩子出去，不能总待在家里，也得让自己的太太高兴高兴。至于约瑟夫，托布勒觉得他也许会进城去看望朋友。

"关于朋友这件事就不劳你挂心了。"约瑟夫默默在心里答道。他说自己想待在这儿，这更适合他。

"您想待着的话，我无所谓。"托布勒先生说。大概半小时之后，出游的人就已经在大门前整装待发，其中包括托布勒夫妇、两个男孩、邻居家的那个姑娘，还有小朵拉，他们要去一个很远的村子里的州歌手节玩半天。托布勒太太穿了一条黑色的绸缎裙子，在人群里显得很突出。她让保利娜看好家，并用懒洋洋的声音对约瑟夫说，他也可以帮忙看家，因为她听说约瑟夫打算留在家里。

他们终于出发了，拴在链子上的狗汪汪直叫，看样子对被留在家中非常不满。在约瑟夫旁边，朵拉的姐姐希尔薇蹲在地上，她似乎完全没有因为自己遭受的不公待遇感到不开心。她是四个孩子中唯一被留下的，但这对她来说是家常便饭，事实上，她已经习惯了一个人被丢下，对这种事她几乎没有任何感觉。

"祝您在家里过得愉快，马蒂。"托布勒对约瑟夫说。

"是的，愉快，您就尽管想办法过得愉快吧，工程师托布勒先生。"约瑟夫有些刻薄地想道。他手里拿着一本书，在阁楼间里自己收拾了一半的床上舒舒服服躺下：

"他们走了，这奇怪的托布勒家人，还有木地板厂那个尖酸的天使，他们去歌手节玩，就把小希尔薇留在家里，好像她是一小堆让人反感的垃圾。

这个小希尔薇只是一小块破抹布，配不上周日的好天气。美丽的托布勒太太不喜欢这个女儿，觉得她难看，所以就应该待在家里。还有这个公司老板！三天前，愤怒和失望还从左到右、转着圈地把他折腾了个够，那时真是可怜，可今天他就对我说，希望我过得愉快，还让我进城去找熟人和朋友。他不过是担心我跟他的女佣保利娜搞到一起，仅此而已。"

他承认自己的牢骚有些多，于是强迫自己看书，却看不进去。他把书丢到一边，走到桌子跟前，取出自己的笔和一张纸，写了如下内容：

备忘

我刚才生出了一些不好的想法，不过我禁止自己那样。我想读书，可是读不进去，那本书的内容不够吸引我，于是我把书放到一边，如果书不能激起我的热情，那我是读不下去的。所以现在我坐在桌前，开始研究自己，因为在这个世界上，并没有一个会热切盼望收到我消息的人。我已经多久没有写过有温度的信了？写给魏斯太太的那封信让我看到了一点：自己已经被熟人和关切者的圈子抖掉甩脱。我是多么需要那样一种人，他们出于自然的原因拥有某种廉价的权利，可以要求了解我的内心或行为。那封信是用一种假想和杜撰的感情写出的，信是真实的，但同时又是一种虚构，来自一个受到了惊吓的灵魂，因为它发现自己完全没有那种简单而亲近的人际关系。我现在平静吗？是的，我对正午的寂静所说的就是我现在说的话。四周是周日的宁静，真可惜，没有一个重要的人能够让我分享这些，不然的话，这倒是一个非常优美的信的开头。不过现在，我想描述一下我自己。

约瑟夫停了一下，然后继续写道：

我的出身不差，但是觉得自己受到的教

育过于敷衍。我说这些话，并不是想谴责自己的父亲或者母亲，上帝保佑，我只是想试着弄清楚我这个人是怎么回事，那个难以接受我的世界是怎么回事。一个孩子受到的教育多半来自他成长的环境，这整个地区和村镇都在帮忙教育这个孩子。父母的话和学校当然是最重要的，不过，我这是在用什么方式反思自己珍贵的人格呢？我还是去游泳吧。

这个不太会写日记的助理放下笔，把自己写的东西撕掉，离开了房间。

游完泳后，他跟保利娜和希尔薇一起吃了午饭。大大咧咧的女佣不停地笑，这笑是以约瑟夫对她行为举止的认可为前提的。保利娜边笑边教小姑娘礼仪，可她自己也不怎么懂礼仪。她这种虚荣而又缺乏感情的努力，最后升级成为重复演示和训练使用刀叉，不过对课程的效果是压根没有期待的，连想都没有想过，否则这种粗糙、嘲弄的学习方式带来的乐子就没有了。孩子坐在那儿，用大大的、确实也有些愚蠢的眼睛一会儿看看女师父，一会儿看看眼神漠然的约瑟夫，并用非常讨人嫌的方式弄洒自己的饭，引得保利娜劈头盖脸又是一通数落。这番言辞对希尔薇来说很严肃，在约瑟夫看来却很滑稽，这就像是要同时满足两种截然相反的世界观。希尔薇的举止傻里傻气，因此女佣被孩子的母亲赋予了对这个小家伙几乎毫无限制的统治权，表现不好可以抬手就是一耳光，或者扯头发，并且认为这样的做法是合适甚或必要的。希尔薇的尖叫不一定是因为身体上的疼痛，虽然那疼痛感并不轻，更多是出于最后一点残存的骄傲，是儿童那被伤害、践踏的骄傲，是因为被保利娜这样的外人粗暴对待。约瑟夫没有说话。由于孩子的愤怒和疼痛，女佣瞬间变成受了莫大委屈与侮辱的人，之所以这样，是因为在她看来不可思议的，约瑟夫却并不觉得可笑，也是因为希尔薇并没有安安静静地挨打，而没有思想又粗鲁的保利娜认为，那才是孩子应有的表现。"我会教你怎么尖叫，你这个垃圾。"她声音嘶哑地喊道。她把从座位上跑开的孩子抓回来，丢在椅子上，小家伙重重地撞在椅子靠背上。希尔薇被强迫重新拿起餐具，教师和教育者用严厉、尖锐的喊声命令她拿好刀叉。孩子得把这顿痛苦的、让人毫无食欲的午餐吃完。在保利娜看来，眼泪汪汪的希尔薇比之前更加愚蠢，更加歪歪扭扭。这时，全世界教育手段的典范大声笑了起来，看到伤心地吃着东西的希尔薇，她的笑肌大为兴奋，幽默感又回来了。说话无所顾忌的嘴是不能小觑的，保利娜一脸轻松，脸上清楚地带着乡下人狭隘的惊讶，问静静坐在一旁的约瑟夫是不是生气了，还是有什么事，怎么一句话都不说？这个恶毒的问题既鲁莽又固执，让人难以忍受，约瑟夫涨红了脸。假如要让坐在旁边的这个人明白他心里是什么感觉，恐怕他得动手揍这个人。所以约瑟夫只是嘟囔了几句，就从桌边站起身来，这更让女佣坚信自己的直觉，认为约瑟夫从各个方面来讲都是个不好相处、难以接近的人，他肯定就是为了侮辱自己，让自己不高兴。这种新增加的恶毒想法马上就让希尔薇品尝到了，她被命令收拾桌子，这本是保利娜应该做的事。孩子努力按照这个独裁者兼压迫者的命令行事，她踮起小小的脚去拿桌子上的东西，用双手捧起一个碗、一个盘子，或者几把餐具，谦卑又小心地把东西一件件搬到洗碗的地方去，眼睛还始终盯着厨房里的那个暴君。孩子每次用小胳膊小手捧起的，都像是一顶小小的、带刺的、濡湿的王冠，那是这个孩子无法改变的童年苦难的王冠，被她眼中的泪水打湿，闪着微光。

约瑟夫去了山上的森林，通往森林的路异常美丽、寂静。一路上，瘦小、被厌恶的希尔薇自然还是一直占据着他的思想。他觉得保利娜就像一只贪婪的猛禽，希尔薇则像被这残忍的动物按在利爪下的小老鼠。托布勒太太怎么能够任由自己柔弱的孩子被这个恶龙一般的女佣摆弄？不过，希尔薇真的柔弱，女佣又真的是条恶龙吗？也许一切并不是那么糟糕。如果把任何事都简单地说成：这个是世界上最可怕的，那个是最可爱、最好的，那就容易过分夸张。不得不承认，"垃圾"希尔薇确实是有些脏的，但保利娜就是保利娜。约瑟夫觉得，自己根本没办法在心里说她什么好话，最多也就是想想她父亲是个老实巴交的铁路巡道工、乡下人。但是，巡道工家的出身跟虐待孩子的粗暴行为之间有什么关系？也许这个保利娜的父亲有部分像头愤怒的公牛，这谁能知道！但这位优雅的、几乎像个贵族一样的托布勒太太，她出生在纯正的市民阶层家庭，从母乳中吮吸到了细腻的情感，这个聪明人，从某些方面来看甚至算得上漂亮的人，她又是怎么回事？她为什么排斥这个孩子，厌恶她？约瑟夫很喜欢这个奇特的词——"厌恶"，觉得这个词很能代表他要表达的意思。"嫌弃"这个词有点像出自童话书，但我们到了今天，依然可以像几百年前那样"厌恶"可怜、柔弱的小孩。这种事竟然会发生在托布勒家的别墅里。用托布勒自己的话说，有两个精灵特别喜欢造访那个地方，一个是体面（在我家里一切都得体体面面），一个是干净（真见鬼，要更整洁，听到了吗）。两个如此迷人的精灵，竟能容忍自己身边存在不断压抑儿童情绪这种不但不洁净，事实上也不体面的事？看样子，是的！在草地上散步的时候，只要稍稍费点力气和感情去思考，就会发现这个世界上什么都有可能。

约瑟夫几乎没碰到什么人。路旁站着几个农夫，路两边是丰茂的草地，上面有数百棵果树。一切都是那么拥挤，又那么广阔，那么绿。没走多久，他就来到了森林里，转悠了一小会儿之后，他在森林里发现了一条窄窄的小沟，沟里有水流过。他随意地在柔软的地上坐下，在苔藓上悠闲地休息。小溪乖巧地轻声细语，灿烂的阳光从高大树丛的叶片间闪过，如此熟悉，如此舒服，青翠的绿色网在小沟上，像一层甜蜜的细纱。这是一个适合发生浪漫故事的美丽地点，从周围高坡上的某个地方传来射击声，附近应该有一个靶场。除此之外，一片宁静！没有一丝风能够钻进这个绿色的隐秘世界中来，除非这些树木先倒下去，但这都是些古老的大树，能顶得住狂风暴雨，就算来十场狂风暴雨也没问题，而且今天，这条沟的上方看上去既无风也无雨。现在应该出现的是身穿天鹅绒长裙、戴着皮手套、手牵白马的姑娘，丰盈的金发披散着。假如有这样一个人出现，约瑟夫丝毫不会感到惊讶，这里完全是会出现骑士或淑女的氛围。托布勒别墅旁边会有什么美丽和骑士风范存在呢？难不成是保利娜，或是喜爱冒险的，并且也装扮成企业家的托布勒本人？企业，没错，这个不缺，毋庸置疑，然而是什么样的企业？技术企业与绿色森林中的沟壑、白马、高贵可爱的女人、勇敢的行为有什么关系？几个世纪之前的骑士和企业家，会骑着"广告钟"或"自动狩猎售卖机"四处转悠吗，还是骑着类似的老马？那个时代就有"被厌恶"的孩子了吗，希尔薇这样的？当然有，只不过他们在那个时候是"被嫌弃的人"，而今天，这个躺在碧绿苔藓上的人，把他们称作"被厌恶的人"。

他笑起来。噢，这里真美啊。在森林里，寂静变得更加寂静，围成一圈的树和灌木是第一层的寂静，他选择的这个地方是第二层的寂静，而且这第二层还要更加美好。只是这小溪的喃喃细语，就已经让人仿佛置身悠长、清凉的梦境之中，再看向上方的绿色，人又会进入金银色的高尚世界观之中。自己想象中的熟人有亲有疏，他们窃窃私语，或是说着什么，或是只做出一些表情，用眼睛诉说深藏内心的语言。情感赤裸着身体，勇敢地走出来。细腻的感受遇到了隐秘、火热的理解力，嘴唇与思想并不需要时空和人生轨迹，它们认出彼此后便相互拥吻。嘴唇上露出燃烧的喜悦，思想吟唱出亲切的忧伤，与小溪、灌木丛和林中的寂静很是和谐。人头脑中刚冒出天色将晚的想法，所有熟悉和不熟悉的景色就已经像是浸没在暮光之中。森林在做梦人的头顶一起一伏，轻盈舞动，看向上方的眼睛也毫不困难地随之起舞。这里真美啊，约瑟夫在心中默默地说了好几遍，对儿时生活的回忆突然鲜活起来。

那时他还是个少年，也有这样一条小沟，不过是在砂岩之中，后来他再也没见过那么奇特、细小的沟。这条环形的沟在一大片森林边上，森林里生着山毛榉、冷杉和橡树。有天下午漫无目的地散步时，他和兄弟姊妹发现了小沟。那也是一个夏天的周日，也可能已经快要入秋，孩子们在前面蹦蹦跳跳，想出各种游戏，父母跟在后面。这条新发现的沟渠成了完美的游戏场，他们决定就在那儿等着爸爸妈妈过来。他们来了，也觉得这个地方很美，大自然中有些地方就是异常迷人，这里就是一个。沟渠旁边是几乎密不透风的树丛，也只有好奇的孩子才可能发现这个地方。不过，有个地方有一个宽阔的开口，可以容人轻松穿过。妈妈在一片草坡上坐下，背靠着一棵冷杉。沟的正中间有一道自然形成的小小隆起，上面长着小树，非常漂亮，仿佛在盛情邀人去坐一坐，或躺一躺。这样的地方谁会不喜欢呢？他躺的这个地方就像是被一只醉心大自然的手创造出来的，不，不，是平常无忧无虑的大自然在这里突然变得善感，亲手创造了这种亲切与私密。那道小隆起四周的一圈可供游戏，林中的草地上长满了各种奇妙的青草、香草、野花，散发出迷人、浪漫的芬芳。除此之外的世界就只剩下一小片天空，视线依照自然规律被沟渠边缘高大的树木遮挡，这里仿佛广阔、华丽花园的一隅，而不是偶然出现在森林中的某个地方。父母静静地看着孩子们玩耍，他们一个个在沟渠旁陡峭起伏的沙坡跑上跑下，嬉笑尖叫。那是孩子的声音，他们真能疯闹啊。看到妈妈也喜欢这个地方，静静地坐在那里，被这么漂亮的一个休憩地舒适地包裹着，所有的孩子都很开心。他们知道母亲的愿望和希求，不消一会儿，整个地方就仿佛充盈着心平气和、若有所思的喜悦，以及孩子气的猜测、信念和希望——他们做出了正确的选择。一种奇特的、仿佛有魔力的情绪让热闹的游戏变得更加有趣、热烈。既然母亲现在看起来很满意，那就可以大胆地比平常更加放纵一些。几乎每个城里的家庭都会有某种苦恼，但在这里全被抛在了一边，人仿佛忘记了世界。孩子们不时望向母亲，看她有没有生气。不，她亲切、平和地看着前方，这是个不错的信号，长满青草的小丘也仿佛突然有了感情。"她心情不错。"树叶簌簌地悄悄告诉孩子们。母亲微笑的时候，周围的整个世界都在对着他们微笑。不过，这种情况很少出现，妈妈当时已经生病了，她情绪异常敏感。看到被不幸折磨的妈妈能够静静地躺在那儿，孩子们觉得真是美好。在这个隐秘的角落里，不幸仿佛被屏蔽在外，小小的、超脱尘世般的林间草地上，每一根草茎都在轻声诉说着喜悦，冷杉的每一根针叶上都挂着善意的信念。妈妈的怀里放着几朵野花，太阳伞摆在身旁，书从她手中滑落。那张让孩子们害怕的脸看上去那么平静，他们尽可以玩闹、叫喊，策划各种大胆的行为。那张脸上的每一个表情似乎都在说："闹吧，现在可以，尽情玩闹，没关系。"这个可爱的地方似乎也跟着一起打着转游戏起来，既合群，又极其活泼。——"那可真是条特别的小沟，而这里的不过是森林中的一条小水沟而已，托布勒家就在旁边。已经过了二十三岁的人竟然还做梦，这是无法原谅的罪孽。"

约瑟夫起身回家。

托布勒家的房子矗立在那儿，既坚固又精致，仿佛住在里面的只有迷人和惬意！这样的一栋房子是没那么容易倒掉的，借助灰浆、屋梁和砖石，勤劳、灵巧的手使它变得经久耐用。湖上的风吹不翻它，就算是龙卷风也做不到，几次生意上的失败又能对它造成什么损害？

但房子也总是由两面组成的，一面看得见，一面看不见，一面是外在的结构，一面是内在的支撑，内部的结构恐怕同样重要，某些时候，它在支撑整体方面的作用甚至会超过外在的结构。假如一栋房子只是外在漂亮、迎人，住在里面的人却不愿意支撑、包容它，又有什么用？那样的话，生意或经济上的错误决定产生的影响就很大了。

不管怎样，托布勒家的房子还在，虽然约翰内斯·菲舍尔先生突然收回了那只来投资的手。这世界上难道只有一个有能力提供贷款的人吗？假如真是那样的话，托布勒肯定会灰心丧气，他又怎么会挑这个时候在花园里修人造山洞？这个人应该还没有失去最起码的根基，否则他就不会想要搞这种工程了。

下面的乡间公路上常会有人停下脚步，气定神闲地仰头打量托布勒别墅。从山上看下去，会觉得这些偶然驻足观看的人很喜欢眼前的景象。看到这么漂亮的一栋房子，谁又会不感到赏心悦目呢？单是铜顶的塔楼就已经足够引起大家的兴趣了。这座塔可是花了大价钱的，但专心欣赏房子的人中，又有谁会想到，山上办公室的抽屉里还有一张因此产生的、尚未支付的账单呢？这房子和花园太过强烈地给人一种富足的感觉。

不过贝伦斯魏尔银行的主管肯定是有些犯嘀咕的，因为这个托布勒家似乎有个习惯，会将需要支付的汇票退回，并要求延长支付期限。但是他克制住，没有将心中隐隐出现的怀疑和担忧说出来。这或许都只是暂时的危机。银行的主管通常都不是多嘴的人，他对自己要求严格，知道贸然开口可能会对一个正努力开拓、争取生存的商人造成怎样严重的后果。他有些起疑，坐在经理室里轻轻皱起了眉头，手上微微示意，但什么话也没说。他服务的对象是这片正蓬勃发展的地区往来的工商业，而托布勒先生就是其中的一员，虽然过去这段时间里，山上的长庚星有点走下坡路的意思。银行和储蓄所通常都长着细巧、紧闭的嘴，这样的嘴唇得到无力偿还成为确凿的事实时才会动起来，所以托布勒还可以捂着嘴偷笑，在贝伦斯魏尔储蓄银行中，他的困难处境就像是一个被妥善封存在深沟里的秘密。

还有心情带着妻子儿女一起去热闹的歌手节和杂技节的人，没准就私藏着某个能去借贷的地方，能让钱流动起来，之所以没有动用这个最后的来源，不过是因为到目前为止都没有这个必要而已。假如他还有个那样体面的妻子，走在村子里的时候，四面都有人愉快地向她问好，那这个人的境况就还不算太糟。

而且也的确没有那么糟。钱可能一夜之间就哗啦啦地落进办公室里，广告已经登出去了，目前要做的就是耐心等待，成功一定会到来。有哪个富有的、想要做事业的男人抵挡得住这个开头就说"优秀的商机"的广告？假如有人走出了那一步，开始咬饵了，那他们肯定能留住这个人，不会像上次跟菲舍尔先生那样。而且如果仔细想想那件事，那个菲舍尔先生或许根本就没把这当回事，所以他其实也不配别人把他当回事。

广告钟的设计突然就打了水漂吗？怎么可能，正相反，充当广告区的精致翅膀比以往任何时候都更加明亮闪耀。自动狩猎售卖机呢？难道不正是出于同样的想法，所以几个星期以来，他们才一直忙着让人制造第一台样机吗？那个世界上最勤奋、能干的机械师不是每天都到别墅来跟托布勒打牌吗？别的人也是边打着牌喝着葡萄酒，边挣着大钱，凭什么托布勒就不行？

托布勒先生来"这个破贝伦斯魏尔"，可不是为了在慌忙中变成胆小鬼，就算非要那样，他也完全可以换一个地方，他住得起，钱足够了。不，恰恰是现在这个时候要让那些臭鱼烂虾看看，让那些好奇又爱嘲弄人的鼻子看一下，充满活力和工作激情的人或男人都能做到什么，哪怕是到了自己的家和公司已经摇摇欲坠的时候。所以托布勒才会让人翻修花园，修人造山洞，不管村里酒馆中的人都在窃窃私语什么，也不管这项工程是要耗费巨资的。

不能让这些贝伦斯魏尔人得意，那可不行！

就算有一天，托布勒真沦落到像木偶戏里的提线木偶那样"蹒跚离开"的地步，也要运用一切可能的力量，破坏他们将会感受到的欢乐。不过还没到那一步。托布勒甚至还计划着，等人造山洞差不多完工时，搞一个揭幕仪式，给村里那些有头有脸并且对他态度还比较公允的人发请柬，让他们都来看看，自己看待和应对生活是多么游刃有余。

一个像托布勒这样感到对家庭负有责任的人，一个有妻子还有四个孩子的人，是不会很快从曾经获得并居住的地方被推下去的。假如有人靠近，他会把这些人打跑，用眼睛喷射出的愤怒的光。假如这些人还不罢休，这些只配吃火腿和香肠的家伙，那他就亲手抓住几个，把他们隔着花园栅栏扔出去，这种事他可不会搞得太啰唆。

然而现在还远没到那个程度，托布勒公司，他的技术办公室，目前还能在贝伦斯魏尔的所有工匠和商人那儿毫无限制地赊账，不管是裱糊匠还是细木工，钳工还是粗木工，肉铺老板还是葡萄酒商人，装订工还是印刷工，园丁还是皮货工，他们干了活、供了货，都不要求立即付款，他们充分相信将来能收到钱，充分信任长庚星别墅。村子那些酒馆里的议论纷纷和窃窃私语都不值一提，托布勒冲着周围的人发火，似乎只是为这样的情况和境遇提前演练，而且也只是在他因为某个人或生意上的事生气的时候。

眼下，托布勒家的房子还能向周围优美的环境散发出洁净和富裕的气息，那是怎样的一种气息啊，被明亮的阳光照耀着，被对着下面的湖平和地露出灿烂微笑的绿色山丘托举在高处，被异常美丽的花园拥抱着，这房子就是一种纯粹的谦虚、谨慎的喜悦。偶然散步路过的人并不是毫无来由地久久盯着这房子看，而是因为它真的赏心悦目。窗玻璃和白色的檐口闪闪发亮，棕色的美丽塔楼挥手致意，上次为了夜里的庆祝活动插在楼顶上的旗帜，愉快而庄重地卷动着，围着细长结实的旗杆抖动、翻卷，像火焰一样颤动。这栋房子用它的外观和位置表达出两种情绪，生动又安静。但它跟那些深藏在可爱、古老花园中的古老家族的房屋不同，还是稍稍显得有些浮夸了。不过，这栋房子是亲切的，住在里面的人假如想到，自己可能非常不体面地离开这栋房子，心情一定会变得糟糕，这是有理由的。

不过，托布勒先生并不允许自己往那儿想。

希——薇，希——薇！

这声音尖锐，但切得又不是很利落，一把长年没有磨过的钝菜刀肯定也会跟保利娜一样，用这种方式叫"希薇"。保利娜的舌头有缺陷，卷不起来，所以发不出那个"尔"。面对希尔薇，这个女佣是非常会发号施令的，假如是对朵拉的话，那个下命令的声音就变得仿佛呢喃耳语。保利娜总是把朵拉叫作朵儿，因为叫"朵儿丽"这个昵称的时候，她不灵活的舌头发不出的音是那个"丽"，"儿"却又说得出来了。这件事也很蹊跷，因为她在叫希尔薇的名字时，总是会省略那个"尔"。"希——薇"听上去很尖锐，他们就是要让希尔薇受伤，哪怕只是叫她的名字，也要给她带去疼痛，跟这个小姑娘说话的时候，没有任何一个人是和气的。

既然不受母亲喜爱，那么所有人都有些讨厌她也就是非常自然的结果了。朵拉不一样，朵拉就像是蜜糖做的，至少有一段时间，大家都是这样认为的，因为从各个角落都会传来叫她的声音，有讨好的，有请求的：朵儿丽，亲爱的朵儿丽！让人觉得这附近就有一家雪白的糕饼店，而朵拉简直不像是骨肉组成的，她是杏仁、蛋糕和奶油，至少给人的感觉是这样，这个女孩周围的空气中充满了乖巧、甜蜜、礼貌和亲热。

如果朵拉生病了，那她就成了可爱的化身。她躺在那儿，枕着软垫，躺在客厅的沙发卧榻上，手里拿着个玩具，嘴唇上挂着天使般的微笑。每个人都会过去奉承她，约瑟夫也会那样做，他几乎是忍不住要那样做，因为小家伙真的很漂亮。她长得很像爸爸，一样的深色眼睛，一样丰满的脸颊，一模一样的鼻子，根本就是托布勒先生的翻版。

希尔薇则不同，她仿佛是母亲的一个不太成功的翻版，是托布勒太太缩小的，同时又照得很不好的一张照片。可怜的孩子！别人把她照得这么丑，难道是她的错？她虽然瘦，但是很笨拙。她似乎生性多疑，假如能用这样的词描述一个孩子的话，她内心里似乎是虚伪、爱说谎的。

朵儿丽就不一样，她诚实得多么可爱，所以全家人，包括邻居都那么喜欢她。大家给她送礼物，听她的话。约瑟夫抱着她在花园里转悠，她只要说，做这个，他就去做。她非常会提要求，在她提要求的时候，天空似乎就挂在她的嘴唇上，随后，小小的白色云朵从这孩子的天空中飘散，仿佛突然有人在某个地方开始弹奏竖琴。她既是请求，也是命令，让人无法抗拒的命令总是跟美好的请求一起出现的。

希尔薇不会请求，她太胆怯，太没底气，不是很敢这么做，而要提要求，就得对自己和他人都怀着极强、极有力的信任，想要具有恳求的勇气，那得在开口之前就相信，坚定地相信自己的恳求一定能得到满足。可希尔薇不相信任何人是善意的，因为别人已经过于仓促鲁莽地让她习惯了相反的情形。像希尔薇这样一个经常挨打的小讨厌鬼会一天比一天更不可爱，越来越丑得让人无法看，也无法忍受，因为这样一个小人儿不仅不会再注意自己的言行举止，甚或还会出于一种隐秘、痛苦的执拗，用越来越糟糕的表现激起周围人的反感，让他们的厌恶不断增加，而且根本不会有人相信，这样一个还没长大的孩子会如此执拗。希尔薇的确很不一样，看到她的人几乎没有可能喜欢上她。眼睛马上就会给她一个非常坏的评价，只有心，假如有心的话，会在过后说：可怜的小希尔薇！

在两个男孩里，瓦尔特比较受宠，小一点的埃迪是被冷落的那个。但是在一些家庭中，男孩的地位整体上就比女孩高，所以即便是不太受宠的男孩，也不可能像那个"被厌恶"的女孩子失去所有善意、温暖的好感，托布勒家便是如此：瓦尔特和埃迪两个人加在一起，从价值上就高过朵拉和希尔薇那个女性组合。瓦尔特和埃迪的性格完全不同，前者淘气，喜欢恶作剧，但为人开朗，埃迪则喜欢缩在角落里，跟他的妹妹希尔薇一样，而且不怎么说话，这点也像希尔薇。埃迪从来不会取笑希尔薇的举止，两个人之间有种虽然没明说，但也许因此而更加自然的默契，他们甚至还会在一起玩。瓦尔特就绝对不会认真跟希尔薇打什么交道，他取笑希尔薇，经常欺负她，因为其他人已经让这个男孩习惯了毫无感情地做这件事。

关于希尔薇，要说的还有一件事，那就是她几乎每天晚上都尿床，虽然保利娜会定时叫醒她，让她去蹲夜壶。她受到的严苛对待主要也是因为这个生理上的缺陷，大家都坚定地认为她是太懒了，所以才不想起夜。保利娜从托布勒太太那儿得到指令，让她只要看到床单尿湿了就揍这孩子，如果耳光不起作用，那就用灰尘掸子，也许能起点作用。保利娜遵命照办，于是半夜里经常会从儿童房那边传出凄惨的哭叫声，夹杂着保利娜自认为可以用在这个罪人身上的大声咒骂和侮辱性的绰号。早晨，希尔薇得自己把夜里用过的床单抱到楼下去，这也是母亲的安排，她认为尿床的人就应该自己亲手做这件事，再者说，保利娜还有很多其他活要干。于是，这个丑八怪、讨厌鬼坐在楼梯台阶上，身边非常滑稽地放着我们说到的那个东西，看到她就让人觉得，那些平常据说会保佑所有可怜、柔弱孩子的善良天使全都抛弃了她。假如她除了"多余"，还不听话，便会被关进地下室，随后就是无休无止的哭喊与拍砸紧闭的地下室门的声音，连住在附近的普通工人都注意到了从别墅传来的凄惨哭声。

对这一切，托布勒知道得不多，他很少在家，现在他出门的频率越来越高。对生意的担忧让他在孩子的教育和监管上只能付出很少的精力。像托布勒这样的人就喜欢把家里的事全都丢给妻子，因为他自己要出门，为广告钟和自动狩猎售卖机奔波。男人肩负的是责任，自然就希望女人去承担爱和辛劳。男人争取的是生存，女人要做的是持家，维持家里的安宁和睦。托布勒太太能够做到多少，这点我们能看到吗？也许能。

有孩子的地方，就总有不公平。托布勒家的

孩子们构成了一个极不平均的四边形，四边形的四个角上分别站着瓦尔特、朵拉、希尔薇和埃迪。瓦尔特叉开双腿，大大地咧开自己那张淘气的嘴，露出健康的笑。朵拉吸吮着手指，面带微笑，低头看着为她服务的希尔薇，后者正在为公主系鞋带。埃迪在刻一块从花园里找到的木头，沉浸在他正用折叠刀完成的工作中。哪里有平均？我们怎么可能关照到每一种细小的思想或情感？保利娜看着厨房窗户外面，奇怪的是，这个出身下层的人对公平完全没有意识，或者就是她的理解完全错误。现在，这个不规则的四边形改变了形状，孩子们散开，每个人都用自己的方式进入时与日，进入儿童隐秘的情感之中，进入托布勒家房子四周的世界之中、痛苦与喜悦之中，进入屈辱与亲切的话语、房间与每天的生活圈、沉睡的夜晚与儿童们无尽的生活经历之中。或许，他们对托布勒企业这艘船的航行方向也能起到一定的影响。这谁知道。——

接下来的一周基本上都很平静。一天晚上，来了两个人，是施佩克尔医生夫妇来长庚星别墅做客。用通常的话说，那晚过得很愉快。他们又拿来了扑克，开始打"雅斯"。雅斯是深受远近四方民众喜爱的一种纸牌游戏，甚至还带着一丝民族色彩。之前曾经提到过，这种牌托布勒太太已经打得非常好了，她教给施佩克尔太太许多小技巧，这位太太还不是很会打。这天晚上，大家有说有笑，约瑟夫被指派充当酒窖师傅，负责从地下室里取酒，并把瓶中的酒倒进玻璃杯里。在这件事上，他表现出了一些傲气，这傲气在托布勒看来很愚蠢，不过被约瑟夫的彬彬有礼抵消了，所以他的上司倒也不会羞于向高贵的客人们多介绍他几句。这是我雇的人，托布勒大声说，听到这话，约瑟夫冲村里来的太太和先生鞠躬致意。

这两个是什么人？他是医生，而且很年轻，至于她，能够表现出来的除了女性形象，以医生妻子这个身份，就再没别的了。她是她丈夫的妻子，并且因为这样的身份，整个晚上都安安静静的，表现得很羞怯。托布勒太太就不太一样，把两个女人放在一起比较的话，就能看到托布勒太太并不是一点神秘感都没有，虽然不多，而施佩克尔太太完全没有这种气质。喝酒的时候，她们吃甜饼干，男士们抽着烟。

"真年轻，看上去真幸福，这位医生先生。"约瑟夫心想。他努力把牌出得聪明、巧妙，他被要求来搭把手。医生向助理提了很多问题，哪儿人，在贝伦斯魏尔和托布勒家住了多久了，喜不喜欢山上这里，等等，约瑟夫一一回答，以一个生活经历丰富的人在这种场合会表现出的谨慎控制着回答的详细程度。他的牌这会儿出得相当不聪明，从桌子的四边传来关于游戏规则的精彩演讲，简直像是要教化一个顽固、愚钝的异教徒。

除此之外，大家谈论的话题已换成了家长里短，毕竟这才是让人"愉快"的内容。

也是在这个星期，发生了一个与道德、文化相关的小事件，在这个事件里，前任雇员维西希也起到了一定的作用，这个受到托布勒家恩惠的人，也因此在后来的几天里再次成为大家谈论的话题。
这件事是这样的：

几个星期前，被赶出托布勒别墅的除了维西希，还有一个女佣，也就是保利娜的上一任。根据托布勒太太的描述，这个姑娘粗鲁，不本分，意思是说她手脚不干净。据女主人说，这个人偷了她很多衣服，还有其他东西，她的话应该是可信的。解雇她是因为她的贪婪和淫欲，她跟维西希之间发生了毫无廉耻的关系，不但招眼，也很不体面，这事主人家不可能不知道。而且这个女佣还有点歇斯底里，这对孩子们来说也是个威胁。她经常只穿着衬衫突然出现在楼梯上或者厨房里，有人指责她的这种行为时，她就流着泪，肥硕的身体抽搐着，僵硬、坚定、傲慢而高昂地反驳说，自己无法再忍受那些衣裙，她快死了，说这些挖苦、愚蠢的废话有什么用，等等。托布勒夫妇很清楚，这个淫荡的人在夜里去阁楼间私会维西希，所以他们认为，跟这个不健康的、道德败坏的姑娘解除雇佣关系并打发她离开，是更明智又省钱的办法。

现在，长庚星别墅突然收到了这个人的信，收信人是托布勒太太。在信中，这个前女佣用一种让人不舒服的亲昵语气说，她住的那个地方有些关于托布勒太太的流言蜚语，大概是说自己之前的女主人跟雇员维西希之间关系暧昧，作为这家的女佣，她是压根不信的，因为她一直认为，说这种话的都是爱造谣撒谎的人，但她觉得有责任让伺候了那么久的女主人知道这些恶毒谣言的存在，让她小心，如此云云。

　　这封信当然是错字连篇，而且也写得很不聪明。收信的人非常愤怒，因为不论是一个用人表现出的对前东家的眷恋，还是关于托布勒太太行为的恶毒流言，都是胡编乱造。托布勒太太把信给约瑟夫看，那是中午，他们坐在外面的花园小屋里，托布勒先生不在家。约瑟夫看完信后，托布勒太太请他帮忙写一封措辞严厉的回信给这个放肆的骗子。

　　"有何不可呢？乐意效劳！"约瑟夫对情绪激动的妇人说。不过他的语气干巴巴的，因为妇人在维西希这件事上表现出的激动情绪几乎让他感到受了伤害，所以托布勒太太认为他并不是很愿意做这件事。她说如果约瑟夫不愿，那她自己做也没问题，她不想勉强他做事，他似乎并不觉得为她服务是件愉快的事，而且今天他在自己面前的举止也不是很有礼貌。

"为什么说是不愉快的事？"约瑟夫几乎有些恼怒，"您就只管下令，告诉我想怎么写这封信，我去办公室，几分钟就能写完，有什么必要非得感到愉快。"

这话说得硬邦邦的，托布勒太太感受到了，她惊讶地看一眼约瑟夫，转过身去背对着他。约瑟夫一言不发地回去工作了。

几分钟后，托布勒太太来了，情绪依然很激动。她走进办公室，向助理要一支笔和一张信纸，然后坐在丈夫的写字台前，稍稍思考了一下，开始写信。她并不经常做这件事，所以在写的过程中停下来好几次，抬起头大声叹息，抱怨这些下等人的卑劣。她终于写完了，不过还是忍不住将回信交给负责处理书信的雇员看，想听听他的意见。这封信是写给那个阴险恶毒的丫头的母亲的。内容如下：

尊贵的夫人！

从阁下的女儿，我的前女佣那里，我收到一封信，不得不说，这封信十分放肆无礼。信看似是对主人表达忠诚与留恋，实则是对一位女士最粗暴的侮辱。这位女士心地善良、宽容，现在却要因为自己不够强硬和冷酷而受到伤害。尊贵的夫人，阁下须知，阁下这个没有廉耻的女儿在这里做工期间，曾偷盗我的财物，如果我愿意的话，本可以将她交给法庭，但像我这样的人，总是希望避免这样的做法。简单来说：尊贵的夫人，请您让这个一无是处的人闭上嘴，我知道是谁，知道散布关于我的无耻恶毒流言的是谁。这人就是那个在我家中做出伤风败俗之事的人，我不但知道这点，还有证据能够证明跟她做这些事的人，正是她现在想诬陷与我——她的前女主人——有染的人。收到她的信，我感到无比愤怒，阁下应该知道这一点！请小心这个恶毒的人，之所以要在此以姐妹般的友好给阁下建议，是因为我很愿意相信阁下是一个值得尊敬的人。阁下这个不知廉耻的女儿是个"坏女人"，这并非阁下的错，若非如此，我也无须用掉如此多的笔墨，可以直接诉诸法律，这点阁下应该能够想象。在必要时，这个世界给予一位体面女士的尊重并不能阻止她走进维护正义的公共机构，好看到那个损害自己名誉的人受到惩罚。

致以崇高的敬意及问候，

卡尔·托布勒太太

约瑟夫迅速看了一遍信之后说，自己认为这封信写得很好，只是有点浮夸，托布勒太太所说的话更适合中世纪，而不是现在的社会，当今世界正在逐渐抹去并消除社会中的阶级和出身差异，虽然只是在表面上如此。说到底，一个市民出身的女性不应对另一个同样市民出身的人写如此生硬的话，这只会激起愤怒，并不符合这封信的诉求与目的。而且，在面对贫穷的时候，富裕不把姿态做得太高才好，简单地用"您"和"尊贵的夫人"称呼这个女佣的母亲，他并不认为会有失身份，反倒能让语气显得比较亲切、礼貌，这肯定没有坏处。他看得出来，托布勒太太不常写信，信里的许多拼写错误也说明了这一点，他在读信的时候注意到了这个，如果她允许的话，他很乐意现在坐下来，修改一下这篇可爱的文章。

他笑起来，同时说，自己会从信里删掉关于女孩偷盗的那些话，虽然他毫不怀疑托布勒太太说的话是真的，但这可能会引起不必要的麻烦，带来的烦恼会远多于愉快。这事有证据吗？

托布勒太太稍稍想了想，然后说，她要重写一封信。她的情绪现在已经平复了一些，所以她希望自己能够更平静、温和地写这封信。不过整封信的语气还是要保持强硬，否则写这信就没有意义了，那样还不如不写。

写信的时候，她没有发觉约瑟夫在观察自己。约瑟夫看着她的背和脖子，女性秀丽的小发卷轻轻触动、抚摸着修长的脖子，这位女性的身影整个看上去都是那么修长苗条。她坐在那儿，深思熟虑，按照写作的要求和正确的方法，认真地给一个可能根本不识几个字的女人写信。约瑟夫这会儿看着她，不禁有些后悔自己刚才对她那种市民阶层的傲慢提出的指责，从根本上讲，他觉得这傲慢的态度是迷人的。这个女人的背影有些触动他，衣服下面的身体稍稍动一下，衣服上就会扯出小小的、可爱的褶皱。这个女人美吗？按照通行的观点肯定不美，恰恰相反，但就算从相反的角度看也同样不美。如果不是写信的人转过身来，约瑟夫还会继续观察下去。两人的目光碰在了一起。助理的眼睛躲开了妇人的眼睛，这样做几乎是理所当然的，约瑟夫觉得，并且是忍不住觉得，去迎上女人的目光很放肆。妇人又表现得很意外，在她的意外中，傲慢得到了充分的体现。不可否认的是，傲慢的表情非常适合她的脸。助理的眼神擅长的不应该就是躲避、垂下吗？对另外那双眼睛来说，还有什么表情比吃惊更自然呢？他俯下身继续干活，虽然此刻他的心思并没有在工作上。

半个小时后，在花园小屋里喝咖啡时出现了不太和谐的一幕。

托布勒太太现在似乎已经完全平静下来，她突然开始对维西希大加称赞：这个人可惜就是有恶习，但在所有其他事情上都很能干，又机灵又听话，不管是什么琐碎的工作，什么任务，都能不动声色地干得很好，等等。约瑟夫忍不住觉得，她说这些话的时候用讥讽的眼神看了自己好几次，这让他感觉很受侮辱。所以他高声说道：

"总是这个维西希，让人觉得他仿佛是这世上独一无二的天才，既然不停夸他的优良品质，那他现在为什么不在这儿了？就因为他喝醉过？你们难道认为自己有权要求雇员拥有一切好品质，一旦他的某个行为遮蔽了其他所有好品质，就有权把他赶走，赶进一个艰难的未知世界里？这要求真是有点太过分了。我们忠诚聪明，有知识能干活，有趣又听话，还把所有这些和其他一些好品质全都用在工作上。我们平静而愉快地接受一切，因为这样做是得体的，也因为我们为这类揣满各种优点之人的付出提供了薪金、食物和住处。但是有一天，我们突然在这个美丽的身体上看到了污点，于是所有让人舒服的满意瞬间消散，我们让那个人卷铺盖，想去哪儿去哪儿。只是，我们还会纵横个半米一米，开合整整一年地说到他和他的'好品质'。不得不说，这做法并不太合适，尤其是还把这些可爱、高贵的特质一一透露给他的继任者，或许是为了打击这个继任者，就像您，尊贵的托布勒太太，对我，您那位维西希的继任者所做的。"——

他大声笑起来，这是刻意的笑，为的是让这番有些过长的演讲不显得太过挑衅。这会儿冷静下来，他感到有些害怕，之所以笑，是为了给那番话里的敏感之处抹上些许开玩笑的色彩，即便在笑，这已经是硬挤出的带有歉意的笑。

托布勒太太沉默了一会儿之后说，约瑟夫不应该这样跟自己说话，她不允许有这种语气出现。

看到他这样的举止，她感到很意外。如果他是这么骄傲和敏感，听不得别人夸奖自己的上一任，那还是去山上的森林里盖个棚子隐居起来，住在只有野猫和狐狸的地方，就不要跟人相处了，这世上不可能什么事都那么斤斤计较。还有，她也没法不把他刚才这段奇怪的言论告诉自己的丈夫，得让托布勒知道自己雇了个什么样的人。

她站起身想走，就在这时，约瑟夫喊道：

"不要说，我为所有的一切道歉，请原谅我！"

托布勒太太冷冷地瞥了年轻人一眼，说："这还像句话。"说完就走了。

"没时间了，托布勒已经到山下了！"约瑟夫心想。果真，上司回来了，他今天意外地比平常早回家。

一刻钟后，托布勒先生已经异常详细地了解了发生的一切，他对约瑟夫说：

"您开始对我妻子不恭敬了？是吗？"

他没有再说别的。听见妻子没完没了的抱怨，他对妻子大喊，让她"滚，别用这些愚蠢的事来烦我"。

工程师现在的确有更重要的事情要做。

当天晚上，静静地笼罩在灯光下的阁楼间再次成为一场大声自言自语的发生地。约瑟夫一边脱掉外套和马甲，一边对自己说了下面这番话：

"我得注意言行，这样下去可不行。我怎么会对托布勒太太那样口出狂言？从那样一位女士嘴里说出的话，我就如此重视，如此在意吗？可怜的托布勒现在四处奔波，他的雇员先生却在花园小屋里边喝咖啡，边信口胡说。这些艳史！就算托布勒太太觉得这个维西希有值得夸赞的地方，跟我又有什么关系？这事不难理解，骑士苍白的脸上可怜巴巴的罪人表情打动了她的女性情感，我需要为此生气吗？有必要吗？除了一小时、半小时地思考生意上的事，我还想着要让一个妇人接受自己的性格。接受什么？接受性格！说得就好像工程师的雇员有性格一样。我脑子里反正都是些胡思乱想，这颗脑子本来应该用来思考些真正有用、对生意有好处的事。我就这么缺乏责任感吗？我在这儿吃面包，喝咖啡，却把对漫不经心这种有害品质的喜爱与这些好处和享受结合在一起，还对着一个又惊又惧的妇人滔滔不绝地说了半个小时，只是为了让她知道自己被她激怒了。这对托布勒先生有用吗？他经济上的困难能因此减轻吗？他的生意能因此摆脱现在的停滞状态吗？我如今住在这间全世界视野最开阔、周边风景最优美的房间里，还有眼前和脚下可以免费享用的湖景、山景与草地，我又是用什么来回报这样的好待遇的呢？用'没脑子'！这个维西希，还有他半夜里跟女人私会的那些事，跟我有什么关系？有跟我关系更密切的重要的事，那就是公司，我的脑门上挂着公司的招牌，脑子里和心里也应该装着公司的利益。心里？为什么不呢？手指和思想如果想要好好工作，那心就得配合。放在心上！这个说法可不是平白出现的。"

他苦苦思考了很久，现在应该做些什么才能把广告钟的生意扶起来，就这样"想着生意上的事",他终于睡着了。

半夜里,他突然醒来。他从枕上支起身体,是希尔薇的哭喊声!他站起来,走到门边,打开门仔细听,这时他听到了让人厌恶的声音。是保利娜,她喊道:

"你又懒得不想起床去蹲尿壶是吧,你这个浑蛋?"希尔薇抽泣着,结结巴巴地试图替自己辩解,但是不起作用,回应她可怜的解释的,是女佣的殴打,声音啪啪的,似乎是打在湿衣服上。

约瑟夫穿上衣服,下楼走进小姑娘的卧室,语气温和地责备保利娜。但后者叫喊着让他少在这儿说三道四,她知道自己应该做什么,他赶紧走开吧。仿佛是要显示自己在这个孩子的卧室里享有的独裁权似的,她抓住希尔薇的头发,命令希尔薇回床上去,她现在应该睡在湿漉漉的床上,以示惩罚。

助理转身离开,看似谦恭地认可了这个教育者的统治。"明天或后天,或者随便哪天,"躺回床上睡觉时他心想,"我又得对托布勒太太发表演讲。虽然那样做会显得很可笑。我想知道她究竟有没有心。作为托布勒家的一名雇员，我有义务为希尔薇说句话，因为希尔薇也是这家的一员，我同样要维护她的利益。"

接下来的周日，他像往常一样收到了五马克，随后便匆匆搭火车去了州首府。天气晴朗炎热，火车沿闪烁着蓝色光芒的湖岸行驶。一下车，他就发觉这座曾经那么熟悉的城市竟也变得陌生了。离开的时间虽然并不长，但这个地方改头换面，呈现出完全不同的色彩，这是他没想到的。一切都显得那么小。沿着湖滨大道，许多人顶着正午刺眼的阳光在散步。这些脸看上去多么陌生！在约瑟夫眼中，他们又是多么可怜。没错，都是些生活窘迫、需要工作的人，不是身份高贵的先生、太太。然而笼罩在这幅色彩明快的散步图之上的忧愁与经济上的窘迫无关，是陌生，是晃得他睁不开眼的不习惯，他感受到了，并且告诉自己说，一个已经在托布勒别墅生活了好几个星期的人，不必对这样的城市景象和陌生感大惊小怪。托布勒家里的是红扑扑的大脸盘、结实的双手、郑重其事的出场，跟这座轻飘飘的城市不同，这里的人看上去那么瘦弱、不起眼。如果有一段时间，人能看到的只有狭小和逼仄，那么它们就能自成一个广阔、重要的世界，与此相反，真正的广阔与重要，一开始看上去恰恰是渺小的、不起眼的，因为它们太过分散、铺展和通透。在托布勒家，从一开始就充溢着某种厚重与丰满，总是非常丰富的样子，十分诱人，而自由与广阔却因为向四面八方铺展开，并不追求固定有形，反倒给人冷漠的感觉。从外表看去，真正让人舒服的东西总是很简朴的，托布勒或暴君的世界也会有让人感到舒适和亲切的地方，对一个住在阁楼间或类似地方的人而言，是很有吸引力并能给人希望的。目前来说，被捆绑束缚在某个地方，比彻底的、让全世界都大敞四开的自由更让人感到温暖和富足，自由给人的明亮空间总是很快就让人感到刺骨的寒冷或压抑的炎热，而他，约瑟夫，所认为的自由，老天爷啊，那才是最最恰当和美好的，散发着不朽的魔力。——

不过没多久，周日的城市不再让他感觉那么

陌生、潦草和粗糙了，越往前走，他的眼睛和心就越觉得一切都变得熟悉。他的眼睛在那些散步的人身上来回散步，已经习惯用来闻托布勒家饭菜香味的鼻子重新嗅到了城市和城市生活的各种香味，他的腿再一次轻快地走在城市的地面上，就好像这两条腿从未踏上过乡村的土地一样。

阳光真灿烂，那些人来回移动的样子是多么谨慎，能够沉浸在这些行为、站立、走动和来回摇摆之中又是多么美好。天真高，阳光舒舒服服地躺在各种物件、身体和一举一动上，影子轻盈而愉快地在其间穿行，湖上的水波拍打着石头堤坝，一点也不猛烈。一切都那么温和，有遮有拦，轻盈美丽，于是大小之间失去了界限，近如同远，广阔如同精微，细弱如同宏大。没过多久，一切在约瑟夫眼中似乎都变成了一个自然、宁静、善良的梦，或许并没有多美，只是一个简朴的梦，却因此而更加美丽。——

人们坐在小公园里或绿地树荫下的长椅上，曾经，约瑟夫也时常会来这些椅子上坐一坐，那时他还住在城里。这回他也坐了下来，坐在一个漂亮姑娘旁边。助理挑起话头，两人聊了起来。姑娘是慕尼黑人，来这个陌生的城市找工作。她看上去贫穷、不幸，他以前也在这些椅子上碰到过贫穷又悲伤的人，跟他们搭过话。两人聊了一会儿，随后，那个慕尼黑姑娘突然站起身要离开。约瑟夫问是否能给她点钱，算是帮忙？不用，不用，姑娘说，但随后还是收下了一点，告辞走了。

坐在这些公共长椅上的人形形色色，约瑟夫开始挨个观察自己周围的人。那边独自一人的年轻人正用手杖在沙地上画着什么，他如果不是书店里的助理，又会是什么呢？当然，这个推断也可能不对，那这个人就是许许多多商店雇员中的一个，到周日总有点什么"安排"的那种人。坐在对面的那个姑娘，她是喜欢卖弄风情，还是正派体面，又或者是个矜持的乖乖女？这个世界用丰富、温暖的双臂，像送一束美丽鲜花般献给人们各种经验，而她却像株拘谨的小观赏植物或布娃娃，不喜欢这些经验？又或者她是集两三种特征于一身？有这个可能，因为这种情况也出现过。要把生活归进不同的盒子和秩序里可没那么容易。那边那个胡子蓬乱的落魄老人，他是做什么的？从哪儿来？大概有哪些职业或特征是能够放在他身上的？他是乞丐吗？或者他是那种身份不确定的帮工，工作日的时候坐在慷慨地让失业者有点活干的写字间里，挣个几马克的日薪或周薪？他以前是干什么的？是否也曾穿着体面，拿着同样体面的手杖，戴着体面的手套？生活能给人带来苦涩，也能带来欢乐，或是让人真心诚意地谦卑，为获得的一点点东西，为能够呼吸到的那一口甜蜜、自由的空气感恩。——左边那一对爱侣或是夫妇，多么雅致，甚至显得很高贵，他们是做什么的？他们是游客吗，是在世界各地走马观花的英国人或美国人？那位女士头上的小帽看上去仿佛凭空而降，帽子上插着一根精致的羽毛，那位先生在笑，他看上去很幸福，不，是两个人都很幸福！他们就在那儿一直笑，能够笑，能感到高兴，真好。

这个美丽、可爱、悠长的夏天！约瑟夫站起

身，继续缓步前行，穿过一条富庶、高雅，但非常安静的大街。星期日，那些富人都待在家里，这样的日子里很难看到他们，在这一天上街会显得不够体面。所有的店铺都关着，零零星星有几个人从街上晃过，经常是些不怎么让人赏心悦目的男男女女。这些散落在各处的散步者看上去那样卑微，一个人类的礼拜天也可以看上去如此贫苦。"对某些人来说，"助理心想，"卑微就是人生的最后一间避难所。"——

他缓步穿过崭新的街道和其他街道。

街道真多啊！房子一栋挨着一栋，在平地上延伸出去，伸向山上，沿着水渠，到处是大大小小的石头方块，凿出供富人和穷人居住的屋子。不时会出现一座教堂，僵硬光滑的新教堂，或是让人过目难忘的老教堂，静静地立在那里，斑驳的墙上爬满常春藤。约瑟夫经过一所警察局，多年前，他曾听到从里面传出一个人的惨叫声，那个人被绑着，有人用棍棒殴打他，想使他屈服。

过了一座桥后，街道开始变得不规则，分布

逐渐松散。他走过的地方呈现出乡村的气息。猫卧在房前，房子四周镶着小小的花园，橙红色的夕阳照在房屋高大的墙壁上、花园里的树上、人们的脸上和手上。到郊区了。

约瑟夫走进一栋新建的房子里，这些新房子让这个几乎像乡村一样的地方看上去有些奇怪。他沿着楼梯爬到四层，站在那儿，出于礼貌地先喘了口气，掸掸身上的灰，随后按响了门铃。门开了，出现在门口的妇人看到助理后，惊讶地轻声叫了起来：

"是您，约瑟夫？是您？——请进。"

妇人朝约瑟夫伸出手，把他拉进房间里，盯着他的眼睛看了很久，从有些僵直地站在那儿的人头上摘下帽子，微笑着说：

"咱们多久没见了。请坐。"

过了一会儿，她说：

"来，约瑟夫，来。坐这儿，坐到窗边来，给我讲讲，你得告诉我，这么长时间到哪儿去了，连个信儿都没有，一次也没来找过我。喝点吗？尽管说，我瓶子里还剩了点葡萄酒。"

她把约瑟夫拉到窗户跟前，他给她讲起松紧带工厂、英镑、兵役，还有托布勒的公司。楼下，一群孩子正在郊区的草坪上沐浴着夕阳玩耍嬉闹。偶尔会传来从近处驶过的火车的汽笛声，或是某个醉汉连唱带叫的声音，是那些喜欢用难听的、所谓火红的声音喊叫，并描绘周日傍晚的人中的一个。

这个正在倾听年轻熟人讲述的妇人，从名字到经历都非常简单。

她叫克拉拉，是个木匠的女儿。她碰巧跟托布勒来自同一个地区，所以对年轻时的托布勒很熟悉。她在一个虔诚的天主教徒家庭中长大，但从踏入社会的那一刻起，她的人生观就彻底变了，她开始读一些思想自由的作家，例如海涅和伯尔内[1]。她在一家照相馆工作，先是做修图师，后来又做接待和会计。这家店的老板爱上了她，她答应了他，同时也考虑到了这样自愿委身于人可能的后果，但她

1　指路德维希·伯尔内（Ludwig Börne，1786—1837），犹太裔德国记者、讽刺作家、评论家。

坚定而无畏地考虑着后果，同时感到非常幸福。她依然住在父亲家里，那个时候，她的一个妹妹已经因为肺痨过世。她每天坐火车上下班，路上得花一小时一刻钟，约瑟夫就是在那时开始去拜访她的。她喜欢这个当时还不到二十岁的年轻人，爱听他滔滔不绝地说年轻人的那些幼稚的话。

那是个特别的世界，特别的时期。一种叫"社会主义"的让人感到既陌生又熟悉的理念，像繁茂的爬藤植物一样钻进人们的头脑，缠绕在人们身上，连上了年纪、有经验的人也不例外。只要是称得上诗人或作家的，只要是年轻、手快的，能迅速做决定的，都开始搞这个理念。带着这种激情与个性的报纸，像色彩艳丽、香气馥郁的迷人花朵，从那些黑暗中的激昂头脑中钻出，来到既吃惊又高兴的公众手里。当时，人们对工人及其利益的态度更多是喧闹地叫好，而非认真对待。经常会有游行，走在队伍前列的也有女性，血红色或黑色的旗帜高高地在空中摇摆，只要是对这个世界的现状和秩序不满的人，都满怀希望和满足地参加到这场热烈的思想情感运动中去。至于包括嘶喊者、涂鸦者和夸夸其谈者在内的那一类人，为追求刺激，一些人将这场运动浮夸地抬高，然后又将它拉进了琐碎的日常生活之中。对此，这种"思想"的反对者欣然报以讥讽的微笑。整个世界，或者按当时那些不成熟的年轻思想者所说的，整个欧洲和世界上的其他地方都因这种理念汇合成一场欢乐的集会，但只有劳动的人有权参加，如此种种。

约瑟夫和克拉拉当时也完全被这种或许高贵而美丽的火焰燃烧起来，两人都认为，没有水柱，也没有背后的坏话能熄灭这火焰，它就像是一片红色的天空，在浑圆的、转动着的地球上空铺展开来。他们俩都热爱"全人类"，这在当时很流行。

克拉拉住在父亲家的一个小房间里，他们在那儿常常一坐就是好几个小时，直到深夜。他们谈科学和自己关切的事，绝大多数时候，说话的都是平常跟人交往很拘谨的约瑟夫，这也很自然，因为这位女友在他眼中就像是尊贵的老师，在她面前说出自己的想法，就像是在讲述、列举自己成熟或不太成熟的作业。那些夜晚真是美好。每次回家时，当时还是个年轻姑娘的女友都会用灯帮他照亮下楼的台阶，用温柔的声音跟他说再见。他折返回去，就为了再看她一眼，她的眼睛闪闪发亮。

后来，克拉拉怀孕了，成了一个"自由的女人"，也就是说，她很快就觉察到摄影师男友用最残忍的方式背叛了她，这让她非常厌恶。当时她住的地方很简陋，一天晚上，她指着门，简短地命令他："滚！"——他不配！她不得不勇敢地这样对自己说，或者说她不得不感到绝望。从那时起，她就只爱自己的孩子，不再热爱"全人类"。

她艰难度日，但是她非常勇敢，而且一直很习惯辛劳工作的生活。不久后，她购置了一台照相机，搭起了暗室。她一边感受着教育、照顾小孩的乐趣，以及辛苦、快乐和担忧，一边拍用于制作明信片的照片，像个最精明的生意人一样跟大大小小的商贩打交道。她跟少女时代的一个好朋友搬到同一套公寓里居住，这个朋友跟她有类似的遭遇。那位文格尔女士很聪明，但没什么文化，克拉拉说她是个"好人"。文格尔的丈夫是救世军[1]的成员（或说战士），不过他从头脑到性情都是个很简单的人，也并非宗教狂热者，只是出于一些实际的考虑才加入那些狂热者的行列。"你就去参加吧，汉斯，最好在那儿把酒戒了。"他妻子对他这样说，因为她的汉斯"贪酒"。

在这两个女人的家中，约瑟夫是很受欢迎的客人，他经常会去，尽管经历过生活起伏的女人能表现出的温柔很有限，但那儿总是有些吃的或喝的——一茶杯牛奶、一玻璃杯茶，而且气氛愉快。他们笑，并且认为现在可以笑，因为一部分世界已经在他们身后。他们谈论克拉拉的儿子，以及孩子的性格。他们几个已经经历过很多，现在连约瑟夫也不再提"全人类"，那个阶段早就过去了。做一个"正直的人"越是困难，大家就越不喜欢说些大话，而且要维持这个"正直"也很困难，关于这一点，他们每天的感触与日俱增。

渐渐地，约瑟夫去得少了，后来，他有整整

1　国际性的教会及慈善组织，1865 年成立于伦敦。

一年都没有再出现。接着，某一天，克拉拉突然收到一封非常简短的信，问是否可以去拜访她，她表示欢迎。就这样，这种事反复了好几次，还间隔着好几次长时间的杳无音信。

现在，他来了，坐在窗边，她静静听他讲述。

克拉拉也讲了自己的生活，说她很快就要结婚了。孩子得有个父亲，她自己也需要有男性的支持。她现在经常感到不舒服，无力继续做已经做了那么多年的工作。她变得很脆弱，没办法再独自过这种没人关爱的生活，希望能有一只手，一颗善良、开朗的心拂去笼罩在她整个灵魂之上的疲惫，爱抚这个灵魂。她只是一个女人而已，一个怀揣希望的女人。她选择的男人就那样被说服、被感动、被选择，整个故事非常简单，根本讲不了几句。"他"爱她，非常非常渴望让她幸福，这难道不是世界上最简单的事？她已经认识了那么久的约瑟夫，对这些事有什么看法？他还是不要说了，因为她知道，约瑟夫的嘴里现在准备的就是一些好听的话，她了解他，这就够了。

她微笑着把手伸给约瑟夫。

所有的过往，她继续说道，所有美丽的过往！所有那些已经过去的都是多么美好，多么"恰当"。还有那各种各样的错误：多么恰当。那些缺乏思考：多么必要！年轻，错误，人说话做事得要没有思想深度，才能有进步的空间。根据经验，日后总会有足够的思想和情感，漫长的人生在日后会把青春时代淹没。

他们两个人谈着过去，相互接过对方嘴里的词句或惊呼，为的是表示赞同或者模仿对方。

在这样重逢的场合中没有矛盾，根本不会出现矛盾。一个人沉思着，友好地重复着另外一个人的回忆，嘴唇诉说着彼此的话，说出口的话得到的都是掌声或回声，没有反驳。即便有争论，也让人觉得像是音乐。

过去向他们漫过来，围绕着他们轰鸣，让他们回望世界，就像是从楼上俯瞰楼下。他们根本不需要勉强自己的记忆，那记忆早已经弯起细细的手臂和卷须，朝有回忆价值的地方伸过去，好把它们使劲拉近、托起。

"我那会儿是多么任性、不宽容啊。"约瑟夫懊悔地说。克拉拉回答说,他是唯一不断回来看望自己的人:

"你会中断很长时间,但总是会来。你不喜欢经常露面,但你不出现的时候,我也能感觉到你在想着我。然后有一天,你就来了,让人惊讶地看到你几乎没什么变化,你是多么善于保持原来的样子。跟你说话时,就好像你只是去了隔壁的面包房,而不是像个到处流浪的人,在友谊中留下好几年的空洞,你仿佛一直在我身边。约瑟夫,其他男人懂得如何永远消失,生活将他们抛向新的地方,他们再也不会回到旧的友谊所在的地方。你要知道,生活有些忽视你,所以你才能够这么好地忠实于自己的喜好。我不想伤害你,也不想赞扬你,这两种做法都是不恰当的,咱们两个人到目前为止都能保持率真,对吧,我眼中的你和你眼中的我,咱们就保持自己的样子!"

谈话间,夜已深了,他们互相道别。

"你会很快再来吗？"

约瑟夫边戴帽子边说，她也说了，他一直是老样子，所以他是过几十年还是过四天就来，这没有区别。

说完，他们冷淡地告别分开。

现在，雇员先生，或者用你喜欢的其他称呼方式，你又回到了托布勒别墅，要记住这一点。广告钟就像一只扑棱着翅膀的鸟，猛地飞到那个有些诗意，似乎也有些才智的脑袋上方。柔软的星期日结束了，坚硬粗鲁的工作日又抓住了你，要想抵挡住它强大的意志，那你可得挺胸凸肚站好了。就用你的朋友克拉拉的话说，保持你的"老样子"，这样做的损失小过你突然告诉自己要变成"另外一个人"。想在一夜之间变成另外一个人是不可能的，如果你愿意，请牢牢记住这一点。然而，如果"生活忽视"了某个人——这是女性的一种表达方式，似乎也很贴切——那就要反抗这种让人有失尊严的忽视，你听到了吗？而不是在晴朗的白天或笼罩在忧伤的落日余晖中的傍晚，去跟自己的朋友谈论"过往"，这种事现在得放一放了。现在要记起的是自己的职责，因为周日和周日的出行恰好不会是无休无止的，而且还要承认，这些职责到目前为止也有点被某个助理"忽视"了，就像生活到现在一直对这位先生所做的那样。那么这个"没脑子"呢？现在是不是彻底克服了？脑袋可没那么快填充起来，这得下功夫，不能允许自己懒惰，这样就应该慢慢会有东西到你的脑袋里去了。广告钟躺在地上，悲伤地呼唤流动资金。那么现在就朝它走过去，扶起它，好让它慢慢地，一个部分一个部分地立起来，并且彻底稳固自己在人们意见和评判中的位置。只要你愿意，这将是一个配得上你的头脑，也能带来好处的任务。你只要想着让自动狩猎售卖机在不久之后能吐出子弹就行，别迟疑，使劲拉手杆，你的主人兼上司托布勒先生如此有创意地发明、制造出的机器很快就能运转起来。不要感情用事，人不可能总是在散步，也得干点什么，有时候也得挨近了看看钻床，好了解托布勒生意的方方面面，不是等几个星期再做，而是越快越好。对那个能够在花园里帮助尊敬的托布勒太太晾衣服的年轻人来说，这工作真的不算什么。要想到那些看不见的工作，这才是一个工程师办公室里要做的事。把您招到这绿色山丘上来，花园浇水灌溉先生，可不是让您来拴晾衣绳的。您更喜欢给花园浇水，是吧？丢人！您有没有思考过那把得了专利的病人专用椅的事，哪怕只有一次？没有？天啊，这样的一个雇员。您活该"被生活忽视"。——

　　这些大致就是周一早晨约瑟夫在床上醒来时所想的。他起床，把睡衣换成白天的衬衫，并盯着自己的腿看了大约一分钟。研究完腿之后，两条裸露着的胳膊也被审视一番。约瑟夫站在镜子前，觉得很有趣，他左右转动，仔细观察自己的身体。这是一个中规中矩的好身体，健康，能够承受艰辛和困苦，有这样一个身体，如果在床上躺的时间还超出必需的范围，那就真是一种罪过了。推车的人也不可能有更健康结实的四肢。他穿上衣服。

他穿得很慢，还有时间，而且也不在乎这几分钟。虽然托布勒在这一点上的看法不一样，约瑟夫已经切身感受过了。不过托布勒今天有点"犯周一"，所谓犯周一，指的是比平常躺在床上的时间长，比其他工作日里都更想要舒服、放松一些。托布勒在周一这件事上当仁不让，他今天反正是要到十点半才会去楼下，那个出现和解决技术问题的地方。

今天早上的头发似乎格外难梳，牙刷让人想起从前，洗手的肥皂从手中滑脱，掉到了床底下，还得弯下腰把它从最里面的角落掏出来。衣领太高太紧，虽然这领子在昨天还是非常服帖的。多么神奇的物件，多么无聊的一切。

换一个地方，换一个时间，这些或许就会变得可爱、有益、和气、精致、有趣，让人着迷。约瑟夫想起了生命中的某些时段，那个时候，买一条新领带或者一顶僵硬的英式礼帽都会让他异常激动。半年前，他有过一次跟帽子相关的经历。那是一顶半高的、普通的好帽子，是"比较体面"的先生们常戴的那种。他自己却觉得那顶帽子有问题。他站在镜子前，把帽子往头上戴了无数次，最后还是摘下来放在了桌子上，从这个可爱的丑八怪跟前退后三步，仔细观察，就像是前沿哨兵观察敌人那样。帽子无可指摘。他把帽子挂在钉子上，挂在那儿看上去也没什么问题。他又试着戴到头上，可怕！他仿佛从上到下被分成了两半，仿佛自己的人格被笼了雾，用盐腌过，并且被一分为二似的。他走到街上：就像一个可怜的醉鬼摇摇晃晃，感到很迷茫。他走进一个售卖冷饮的地方，摘下帽子：得救了！——那可真是个特别的帽子故事。他还经历过领子的故事，大衣的故事，鞋子的故事。

他下楼去客厅吃早饭，吃得很放纵，吃得几乎有伤体面。桌边没有旁人，可即便如此也是！而且恰恰因为如此！也不能这么不在意进餐的礼仪。他怎么会这么饿呢？因为是周一？不，就因为他没性格，如此而已。切面包的时候，他开心得像个小孩，但这是托布勒的面包，不是他的。盛煎土豆的时候，他感到那么愉快，这些煎土豆不也是托布勒的吗？他吃饱了之后还能再吃一点，这让他感到惊奇而美好，这对别人又有什么妨碍呢？吃完之后，他本该起身去工作，但人就是在座位上站不起来，跟餐桌分不开，这又能怎么办？这时，保利娜来了，她的出现撵走了约瑟夫，因为她的样子让约瑟夫感到很不舒服。

到办公室了！先来回走两圈，这也是正事，准备开始工作的人都这样。有种人开始工作前得先喘口气，等工作结束，或者说结束一半的时候，劲头才来，而这也是因为要给自己随便搞点什么享乐才来的劲头，约瑟夫也是这种人吗？他慢悠悠地给自己点上一根大家都知道的那种烟，这烟能让要开始工作的想法变得比较可爱。他像个吸烟俱乐部的成员一样抽起烟来。

然后，他坐回书桌前，开始证明自己是个有用的人。

快十点的时候，托布勒到了，一副非常愉快的样子，约瑟夫一眼就看出来了。这样的话，说"早上好，托布勒先生"时，语气就可以轻松一些，然后再点一根烟。的确，他的上司，公司的头儿，今天全身都散发着强烈的喜悦，昨天夜里他似乎曾开怀痛饮，此刻，他的一举一动都在说："好，现在我知道症结在哪儿了，从现在开始，我的生意将迎来转折。"

他无比友好地询问约瑟夫周日去了什么地方，听了回答之后，他叫起来：

"是吗？您进城了？离开了那么久，再去感觉怎么样？不错吧？是的，城市还是有些诱人之处的，但到最后，人都还是愿意退回到清静的地方。我说得对不对？不过我想说的是，您现在，我发现，抱歉，哈哈，您身上已经没有什么好衣服了。您今天就去我太太那儿，她会给您找一身我的衣服，看上去跟新的一样。您就跟她说那身灰色的，她就明白了，那身衣服我反正也不穿了。几件彩色的衬衫、配套的胸衬、硬袖口什么的，托布勒别墅里肯定也找得出来，一定特别适合您。您不觉得吗？"

"这些东西我都不需要。"约瑟夫说。

"为什么不需要？您也能看到自己有多需要。给您东西的时候不用推辞，拿着就行，就这样。"

托布勒恼了，他突然想到了什么。他在自动狩猎售卖机样品的传动结构下面坐下来，那儿有把椅子。半分钟后，他说："我知道您在想什么，马蒂，没错，您还没有拿到工资，您会想这工资拿不到了。您要有耐心，其他人现在也都得耐心等待，而且我不希望您认为有必要在我面前这样苦着脸，我绝对不允许自己周围有这样的行为。能像您一样吃着这么好的饭，在我这山上享受这样的空气，离怨言可是还有一大截路要走呢。您过的是好日子！您想一想，当初我从城里雇您的时候，您是个什么状态。您现在看上去像个候爷一样，总也该有点感恩之心。"

后来，约瑟夫也觉得不可思议，自己怎么会这么放肆，他说：

"好了，托布勒先生！请允许您的下属告诉您，像这样不断被人提醒吃得多好，空气多清新，被提醒记住自己睡觉的床铺、枕头，这真是让我感觉很尴尬。这种提醒能彻底破坏一个人的空气、睡眠和饮食。您如果认为，我应该为了在您这山上获得的自然条件和享受不断感恩，那是把我当作什么呢？我是乞丐还是工人？别急，托布勒先生，我不是在这儿胡闹，只是要说清楚对咱们双方都很重要的事。我要确认三件事：首先，对您给我'提供'的一切，我是很感激的；第二，您自己也清楚上面这点，因为您从我目前为止的举止、表现完全能够看出来；第三，我也做事了，我的良心和您的才智都能看到我在这里忙碌，这就是证明。至于您大发善心要送给我衣服，我现在有个更好的主意：我会带着恰当的感恩之心接受它，扪心自问，我是需要衣服的，但您得原谅我说话的这个语气，或者您将不得不把我赶出去。这番话，以及这语气都是迫不得已，因为我感觉有必要让您知道，我在不得已的时候也能够反抗——该怎么说呢——反抗他人的粗鲁。"

"我的天啊！您哪儿来的这种口才？真是可笑啊，这个。您是不是疯了，约瑟夫·马蒂？"

托布勒觉得，现在高声大笑是最合适的做法，但随即，他的眉头就可怕地拧在了一起：

"那就让我看看啊，见鬼，让我看看您是能干事的。到现在我还没看到什么，光是嘴会说可算不上什么了不起的能耐，明白吗？那些要回的信在哪儿？"

约瑟夫怯怯地说："在这儿！"他又恢复了拘谨。信放的地方不对，托布勒愤怒地抓起装信的筐，狠狠扔在地上。他喊道：

"就这还总想着反抗，您最好小心点，别总那么敏感。——去写信！"

他口授了下面这封信：

致弗劳恩贝格的马丁·格吕嫩先生：

来函收悉。您在信中要求我于下月一号偿还为制作广告钟借贷的五千马克，请允许我——您记下来了吗？——说明如下几点：1.鉴于我目前的经济状况，无法在您提出的日期归还此笔款项；2.您认为有权如此仓促地提出偿还，这是一个极大的错误；3. 倘若我没有记错，如有需要，我也可以提供书面证明，借贷时我曾与您达成一致——写完了吗？——贷款可以等广告钟达到某个盈利目标之后再行偿还；4. 现在还没有到这个程度；5. 所贷款项不应与广告钟脱钩，支付款项与后者的盈利相关；6. 鉴于我公司的情况，在如此短的期限内提出支付要求是否可以商榷。关键问题：所借贷款项已被投入上述产品，因此受到上述产品风险的制约。——尊敬的先生，我已向您阐明了立场，希望您能认真地重新考虑此事。请您考虑我目前的处境，您不会忍心毁掉一个正竭尽全力避免掉入危险深渊中的商人。如果您希望拿回自己的钱，就请不要催逼我。广告钟会成功的！希望我已经说服了您，并致以崇高的敬意——

"拿来！"托布勒签上名字。他盯着信看了整整一分钟，似乎有些神思恍惚。

这时，雇员也开始想自己的心事："他就是这样，这个托布勒先生。他先是用一种高傲的、威胁的态度，然后又突然放低身段，请别人考虑，等等。我的托布勒先生认为，这位格吕嫩先生会不忍心，如果他能忍心，又怎么办？这封信完全是绝望的人说话的方式。先是言辞浮夸，然后一本正经，然后郑重其事，然后夸大其词，然后尖酸刻薄，然后突然低声下气，然后愤怒，然后哀求，然后突然又变得粗鲁，然后挺起胸膛，最终用一次高傲的语气说：那座钟会成功！谁能证明？唉，像弗劳恩贝格的格吕嫩先生这样狡猾的债主，收到这么一封感情用事的信，他会露出讥讽的笑。"——

他壮着胆子小声说，自己觉得这封信的语气不对。这话成了掉进火药桶的火星。

托布勒突然跳了起来：约瑟夫在胡说八道什么？假如他非得发表评论，那就不要在事情已经做完半个小时之后才突然冒出这样的话，也不要像他刚才那样胆大包天，说出那种愚蠢的评论。

"胡扯！"他喊道，抓起帽子走了。

约瑟夫复印了这封信之后，把信折起来塞进已经写好地址的信封，封好口，贴上邮票。

印刷厂寄来了几百份通告，约瑟夫把通告一份份整齐地叠成跟信封一样大小，准备把它们寄往四面八方。这个通告用的是漂亮的印刷体，装饰着俗气的图案，内容是一台小蒸汽设备的描述以及价目表，这也是托布勒的发明。信主要是向大量分布在贝伦斯魏尔周边，以及国内其他地方的工厂和机械产品加工作坊推荐这台蒸汽机，希望它能够带来高额利润。

助理一直到午饭时间都在折这些纸，这项工作对他而言是愉快的，能够促人思考。之后，他去吃饭，午饭时除了朵拉，大家都不说话，朵拉根本闭不上她那张迷人的嘴。男孩们表现得不乖，托布勒太太认为是学校假期太长，才会让孩子们变得这么缺乏管教，她说自己真的非常高兴就要开学了，谢天谢地，淘气鬼们终于有事干了，老师的威严和教鞭也许能做到母亲做不到的事：让她的儿子们学会听话和专心。秋天临近，真是太好了，在这漫长美好的夏日里，孩子们无聊得已经不知道还有什么地方能去干点坏事和蠢事。

"秋天"这个词深深触动了约瑟夫。美丽的秋天！他心想。随后，他吃完了午饭，站起身对托布勒太太说自己需要买邮票的钱。这话让妇人很不舒服，说没想到自己还得为这种事操心，边叹气，边拉长了脸把约瑟夫要的东西给他，但同时也有点受用的样子。别人还得来找她这个女人要邮票钱。约瑟夫又成了那个丢面子的人。

毕竟他是男人的下属，不是女人的跟班，为了两马克得去求穿裙子的女人，挺让人难堪的。托布勒太太看出了他不合礼仪的愤怒，但只是垂眼瞅着他。

他动身去邮局。花园里有好几个工人和帮忙的小工，正忙着把园子里的土挖起来堆成巨大的一堆。泥土是潮湿的，之前刚下过雨。

"难道还要在地下挖一个精灵洞，托布勒在想什么？"约瑟夫嘟囔着，来到了山下的乡村公路上。不远处，"玫瑰"酒馆敞开的大门里传出一股

170

刺鼻的烈酒味，维西希就是在这里将自己节省下的薪水狂饮一空的。他喜欢在这里摇摇晃晃地跌进"另一个世界"，并让自己身上优秀的那部分瘫倒在"玫瑰"的桌子下面。来到村里后，助理走进了"帆船"酒馆，这是他不久前刚养成的习惯。圆桌那儿坐的是谁？托布勒！

两个人都来了，主人和仆人。在哪儿？酒馆里。

当然，人在愤怒的时候通常得赶紧喝一杯，好让胸中的那团火降温、熄灭。身为下属想喝点什么也很正常，他刚刚才因为不得不"讨"邮资而非常不高兴，只要"来一个"，就能驱散心中的不愉快。这件事当然是必须而且也能做的，只是对这两个人来说，他们发现都到"帆船"来喝酒，一时间还是感到很奇怪，两人短暂而意味深长地对视了一眼。

"嗯？——看样子您也渴了。"托布勒先生一本正经但又友好地对走进来的人说。后者说：

"是的！没办法。"

托布勒先生总是在"帆船"等待将要开来或

开走的火车，所以现在他也"只是在等火车而已"。这家酒馆紧挨着火车站，但托布勒还是误了不知道多少次车，如果我们是店主，也会有这样的想法：他是故意错过自己的车。这种时候，他总会咕哝道："这趟浑蛋火车又从我鼻子底下开走了。"

约瑟夫喝完后离开，他的上司在身后对他喊话，声音大得所有客人都能听到："给钟表匠写信，他叫什么来着，让他马上开始组装给乌茨维尔到施特费纳那趟车的钟，信今天就寄出去，其他该做的事您应该知道。"

约瑟夫有点为自己这位"话多"的老板害臊，他在心里是这样形容托布勒的。约瑟夫点点头，从门缝里钻了出去。

他到装订工和纸商那儿，为办公室和设计室订购了很多日常用品，并让他们"记账"。

那个可爱的小账本，真是什么都能往里记。他直接拿货，然后愉快地要求记账。

纸品店的店主大胆地问起，自己能不能在什么时候先要求收回一部分账。

"回头吧。"约瑟夫随口回答道。"我这样做是很正确的，"他心想，"对这些人说话就得用敷衍的语气，这样他们就会非常信任你。只要表现得不当回事，那看上去就没什么事。如果我对这个人的问题很重视，他现在就会起疑，明天早上就会带着账单到办公室来要求支付。像现在这样，将大家逐渐产生的疑心转移开，就是在为主人效力。"

想着这些的时候，他看似非常悠闲地看了一堆明信片。离开店里时，他脸上带着友好的微笑，店主同样对他友好地微笑着。

回到家后，他又开始折那些通告，每折一张，手需要动四次。他的心思飘开，这份工作真像是在鼓励人悠闲地胡思乱想。他隔一会儿就美美地抽上一口雪茄，挨着办公桌和办公室窗户外面的，是花园里的一张长凳，托布勒太太正坐在上面，边做针线边如唱歌一般跟她的小朵拉聊天。

"这孩子可真是幸福！"约瑟夫想道。

"您要把这些通告都寄出去吗？"托布勒太太问。她接着又说："该喝咖啡了，您来吧，咖啡已经好了。"

在花园小屋里吃点心时，因为妇人待他和气，雇员不得不表示自己很后悔，不该对托布勒太太那么放肆。

这话什么意思？不明白。

"嗯，因为维西希！"

她说自己早把那件事忘了，对这类事她可没那么好的记性。谢天谢地。那件事很重要吗？无足挂齿。但听约瑟夫说抱歉伤害到了自己，还是让她感到很高兴。他大可放心，他应该多把心思放在自己丈夫的生意上，这才是最重要的。唉，有时候她真希望自己是个能干的生意人，尤其是最近这段时间，这样就能给托布勒帮点忙。她只要一想到可能得从这里搬出去，这栋她已经如此喜爱的房子，被——迫——离——开——

她眼里盈满了泪水。

"我会努力的！"他几乎喊了起来。

那就好，她边说，边挤出个微笑。

"您不要灰心。"

不会的，对所有这些让人忧心的事情，她足够淡定。昨天托布勒对她大加指责，说她不把自己的艰难处境当回事，在她看来这属于无端的指责。她认为保持沉默是应该的，在目前的状况下，一个毫无经验的弱女子能做什么？难道要她整天唉声叹气，苦着一张脸吗？那样有用吗？一个稍微有点理智的女人既不会那样想，也不应该那样做，她会觉得那样做不但不合适，甚至可以说是危险的。她每天都保持着好心情，并且勇敢地在内心里赞扬自己这一点。是的，她要这样做，即便全世界对她都没有一丁点认可。——而且她知道自己是谁，就凭这一点，她就感到自己有义务不那么快地失去愉快、从容的生活勇气，她也特别能感受到自己的丈夫目前有多困难。

她的情绪又好了。

"至于您，约瑟夫，"她继续说道，大眼睛看着助理，"我知道您对待工作很认真，我们不能要求一个人一下子解决所有问题，做好所有事。您就是有的时候对人态度有些生硬。是的，没错！"

"您在贬低我，但这是我应得的。"约瑟夫说。

两个人都笑起来。

"您真是个稀奇古怪的人。"托布勒太太说着，结束了谈话。她站起身，约瑟夫跳起来跟上去，问能否劳她将托布勒先生要送自己的衣服找出来，让人送到他的房间里去，他希望今天就能够试穿一下。她说好，自己这就去柜子里把东西找出来。

大约一个小时之后，他给花园浇了水。看到薄薄的银色水柱从空中划过，听到水喷在树叶上的沙沙声，他觉得这一切简直太美好了。不久，挖土的工人丢下手中的铲子和镐头，他们收工了。"一个稀奇古怪的人，"手握水管的人几乎有些伤感，他心想，"为什么是稀奇古怪的人？"——

晚上，施佩克尔医生夫妇来了，托布勒也到家了，他有些气恼，不情不愿的。他正想去"帆船"放松一下，突然接到电话，告诉他有人到别墅来做客了。"他们怎么又来了？"他在电话里对妻子说，可又不好推辞，于是只能放弃酒馆里的雅斯牌局，去玩家里的雅斯，后者在他看来有些太"小儿科"。职业雅斯牌手的牌局的确更严肃、更男人，也更安静。托布勒已经逐渐开始瞧不起家里这样边聊天，边不痛不痒地打雅斯。

约瑟夫表示抱歉，说自己头疼，想去外面散会儿步。"瞧，他躲避自己的责任，而我，我就得窝在这儿。"听到约瑟夫的托词时，托布勒的脸似乎在这样说。

约瑟夫逃进"大自然的怀抱"，月亮温柔、宏大地照着整片地方，不知从什么地方传来了流水的声音。他爬上山，穿过熟悉的草地，铺路的大石块被月光照成白色，树丛里嗡嗡嘤嘤、嘀嘀咕咕、喊喊喳喳。一切都浸没在梦一般的芬芳雾气中。他听见旁边树林里有一只小猫头鹰在叫。零零散散的几栋房子，怯怯生生的一些响动。偶尔冒出的灯光，有移动着的，那是拎在夜晚漫游人手里的，有不动的，那是某扇半掩的窗户之后的。黑暗多么安静，眼不可见的又是怎样的广阔，怎样的辽远！约瑟夫将身心全部交付给自己的感官。

突然，他想到自己被指为"稀奇古怪"的那

件事，他身上究竟有什么稀奇古怪的地方？独自在夜里出来游荡，的确挺少见，这爱好可以被称为稀奇古怪。然后呢？就这些了吗？不，最关键的是这个：他的生活，他到目前为止的生活，以及可预见的未来的生活，这些都是稀奇古怪的。托布勒太太说得没错——这些女人，她们真的很善于观察人的内心和个性，她们真的很有天赋，只一个词，就用最正确、最贴切的内容震撼了你的灵魂。一个稀奇古怪的家伙。这事很有趣，对不对？——

心中揣着对许多许多事的感慨，他走回了家。

贝伦斯魏尔人（或说贝伦斯韦尔人）是好脾气的，但同时也是狡诈的。用或许更为正确的方式来表述，他们是深藏不露的一类人，每个人都或多或少有些狡猾，都有些神秘之处，所以对外都透着些机灵和狡猾。他们诚实、道德，不乏傲气，几百年来，这些人已经习惯了健全的公民自由与政治自由，但又总喜欢在诚实中掺些表面上的狡猾与世故，喜欢看上去很聪明或更聪明。他们所有人都有些为自己朴拙自然的率直感到丢脸，每个人都更希望自己是"恶狗"，而不是能被人随意蒙骗的蠢驴。贝伦斯魏尔人可不容易蒙骗，想要做此尝试的人都得小心了。如果尊重他们，那他们就是善良的，他们的身体里存有很多正直，因为几百年来……但这善良跟其他任何一种感情的表达一样，让他们觉得丢脸。别的人或别的民族用嘴唇笑，他们则是用后槽牙笑。他们聊天更多是用竖起的耳朵，而不是用无拘无束的嘴。他们喜欢沉默，但有时又会像真正的水手一样滔滔不绝，就好像人人都天生一张能在酒桌上聊天的嘴。在那之后，他们又会沉默上整整四个星期。通常来说，他们相互之间都非常熟悉，会筹划着看自己的优势在哪儿，劣势是什么。他们总是更愿意当着别人的面把自己的短处当成好品质一样吹嘘，这样别人就无从得知自己有多能干，生意也才能做得更好。周边的人说他们像魔鬼一样粗鲁，这并不是毫无道理，不过，粗鲁的只是其中几个人而已，但就因为这几个例外，贝伦斯魏尔人不得不听人毫不掩饰地说些有失公允的话。他们很有想象力，也愿意使用这种力量，他们之中那些没有品位的人就经常夸夸其谈到超出限度，结果在国内的其他地方声名狼藉。不过啊，托布勒先生，最重要的正是他们的无趣与理性，这种人似乎天生就适合做些小小的、稳妥的生意，获得同样小小的、稳妥的成功。他们住的房子跟他们自己一样干净，建造的街道有点颠簸，也跟他们自己一样，夜晚照亮乡间公路的电灯也正如他们自己一样实用，而托布勒先生不得不跟这样一群人生活在一起。

工程师托布勒先生！

时间又悄悄向前迈了一步。在贝伦斯魏尔，时间也不是静止的，它会自然而然地做在其他地方也会做的事。尽管有托布勒先生，四季还是如常更替，他或许更希望时间是静止的，一个像他这样生意没有起色的男人，会在无意中敌视所有平静、匀速向前移动的东西，对这样一个人来说，一天或一个星期永远不是太短就是太长，太短是因为看见危机靠近，太长是因为停滞不前的生意让人感到无聊。如果感觉时间过得很快，托布勒就会嘟囔说，已经好几天没干点正事了，假如时间走得四平八稳，他又恨不得一下飞跃到十年之后，这样就不用再看到自己身边的一切。

秋意渐起，逐渐站稳了脚跟。似乎有某些东西在某个地方静止了，自然也仿佛会偶尔揉揉眼睛。吹来的风已经不同于前，至少经常会给人这样的感觉。暗影从窗前倏忽飘过，太阳也似乎换了个模样。天暖和的话，就会有几个真正的贝伦斯魏尔人说，瞧啊，依然这么暖和。他们感谢天气温暖，因为之前一天，他们才刚站在房门前说过：老天爷啊，起风了！

有时，天空也会皱起美丽、干净的额头，甚或拧出愁苦的褶皱和荫翳，随即，整座小山与山下的湖都披覆上一层潮湿的灰布。雨沉重地打在树上，但这也挡不住要去邮局的人，假如他正好是托布勒家的一个雇员。马丁·格吕嫩先生似乎并不太在意季节美好、柔和的更迭，否则他就不会在信里说，托布勒列举的所有拒绝支付的理由对他都没有作用，他坚持要求履约。

天气转好的时候，人心是多么幸福啊。大自然中最常见到的是三种颜色，一是白，一是蓝，一是金，分别来自雾气、蓝天和太阳，这是三种异常精致，甚至堪称优雅的色彩。这种天可以出门去，可以在花园里吃饭，可以站在那儿，倚着栅栏，思考自己是否曾看到过类似的景象，比如在少年时代的某个时候。温暖与色彩合而为一，人们会说，是这样的色彩造就了这样的温暖！整片地区似乎都在微笑，天空仿佛也很为自己的模样感到开心，这似乎就是挂在这片地区与这片湖上那微笑的芬芳、内容与可爱的含义。一切都只是待在那儿，安静，闪亮。眼睛从湖面上望过去，人仿佛不需要凭借助理的身份，就能听到亲切悦耳的话语。泛黄的树木世界让人心中升起淡淡的愁思，再看那栋房子，虽然霸道的保利娜正在厨房窗户那儿清理地毯，他却依然会忍不住露出笑容。天地间像是充满了乐声，树冠上方，阿尔卑斯山轻盈耀眼的白色轮廓仿佛悠荡在远方的回声，看着那里，会突然让人觉得一切都很不真实，然后，一切就又都不一样了，不一样的景物，不一样的感受！周围的一切似乎也有感觉，它们的感觉也会改变，而每一次的感受都会陷入笼罩一切的蓝色之中。一切都染着蓝色，带着蓝色的气息。还有从轻微摇动的树木间飘来的清新与沙沙声。在这样的环境下如何工作，如何证明自己有用？是的，可以挂晾衣绳，帮洗衣的妇人从地下室里把装湿衣的筐抬到地面上金蓝色的日光下来。在这个所有美丽的角落都浸透了甜蜜色彩与声音，并被打磨得异常明亮的日子里，做这样的事是恰如其分的。这样的日子很多，需要做的只是起床，将身体探出窗外，然后连续说几次：真美！

是的，夏之国已经变成了秋之国。

但托布勒生意的前进速度并没有改变，不但没有一丝转机，甚至连一点能走的歪道都没有出现。忧虑和失望像疲惫但训练有素的士兵，保持着前进的步伐，<u>丝毫不偏离路线</u>。它们与失败和绝望一起，排成整齐的队列，前进的速度虽然缓慢，却并不停下，眼睛直直地望向前方即将到来的一切。

托布勒现在出门去谈生意的频率越来越高，看到自己这栋迷人的房子似乎让他感到痛苦和自责。他有一张通用的火车季票，既然买了这张票，那就得充分利用，否则可就太不明智了。他似乎非常喜欢出门旅行，不然何必身为男人呢。他去"帆船"等火车，也许会先错过一趟车，那就赶下一趟。胳膊下面郑重其事地夹个公文包，坐车去四面八方，跟同车的人聊天，给个把人递上一根普通雪茄或一根上好的方头雪茄，随后在一个陌生的地方下车，跟一些生活无忧、喜爱享乐的人在优雅的餐馆里一直聊到深夜，如此种种：他喜欢这样的生活，这符合他和他的个性，能让他不再去想那些烦心事，并且能帮他找回一点自我。这样的生活就像他的西装，非常合身。

家里反正"养"着一个雇员，那他有什么必要非得自己也待在家里？他又不傻！这会彻底毁掉他最后一点做事的动力，那离"关门大吉"可就不远了。让他待在家里，接受贝伦斯魏尔人讥讽的目光，不，那样还不如直接对着脑袋来一枪，都还更好受些。

所以他要出门去。

在家里，对每天生活用度的忧虑开始了。这忧虑轻轻叩响窗玻璃，抬起一块纱帘，悠闲地往托布勒家里看去。它站在门边，让从旁边经过的人保持不安定的感觉。这忧虑比夏日的时候兴致高了，它只是暂时待在这里探查情况，通常都是保持沉默的，只要让人不时感觉到它的存在就可以。它彬彬有礼，小心谨慎，门槛、窗棂、屋顶上的角落或是餐桌下面，这些地方似乎都特别适合它。它绝不会引人注意，只是用冰冷的气息不断拂过托布勒太太的心，让她在阳光明媚的白天也会突然转身，就好像身后有什么人，仿佛要问："谁在我后面？"——

流进技术办公室的那一点点钱，马上会在丈夫的建议下交给家里的主妇。每天的面包、牛奶和肉还是得付钱的。他们仍然像往常一样饮食起居，在这种事情上是无论如何不能节省的，宁愿不过日子，也不能过苦日子。保利娜的工钱是定期支付的，助理却被认为能够充分理解和体谅现在的处境，二话不说，同甘共苦。约瑟夫是个男人，保利娜是个普通家庭里喜怒无常的孩子，男人可以被要求做出舍弃，一个来自下层的孩子却绝对不可能，雇员明白这一点。

男孩们又回学校去了，这让母亲轻松了一大截，她现在能经常去小阳台上，躺在一把轻轻晃动的摇椅上，享受秋日温和的阳光。有时，梦会去那里造访，用柔美的色彩欺骗她，让她以为自己是女主人，最自由、最优越的那种，她便任由这美丽的幻术停留片刻，同时感到深深的苦楚。

一天，她将助理叫到阳台上，想问他一些事。那是午饭后不久，托布勒出门去了，两个女孩在客厅里玩。

今天的天气也这么好，约瑟夫走上阳台时说。妇人点点头，然后说自己想的是其他事情。

"什么事？"

嗯，一些事，这几天她主要想的是，现在就把房子卖掉，主动搬出去，这样是不是更明智。因为她能感到被迫离开的羞耻在逐渐靠近，丈夫干的那些事没什么用，她现在很确定地知道这一点。

"为什么是现在？"

她摆摆手，让约瑟夫尽管说出自己对广告钟的看法。

"我坚信，"他说，"广告钟的前景会越来越好的，现在只需要一点耐心。跟更多的投资人建立联系。"——

唉，她急忙说，那还是别说了，她看得清清楚楚，这是装样子，说的都是连他自己也不相信的话，这样可不太好。他为什么会认为自己听不了严酷的真话？如果他想撒谎，那就是个不老实、不忠诚的雇员，她就真觉得没必要继续留着他了。她想要知道他是怎么想的，想的是什么，她现在命令他，坦诚地说出自己的想法。她特别想知道，丈夫的这个商业助理究竟有没有独立思考的能力。他尽管踏踏实实坐着，跟她说话，回答她的问题，假如他对所谓男人的尊严不是完全陌生的话。

约瑟夫不说话。

这算什么？她觉得自己有权对他发号施令。他的嘴压在鞋底里了？那里倒是有地方——有足够多的窟窿。外表如此不体面，竟然也能有这样的傲气？托布勒的衣服穿在他身上倒是挺合适啊。好，好，他走吧，随便去哪儿，就是别让自己再看见他。

约瑟夫走了，他绕过房子，对大狗莱奥说了几句话，走进办公室，在办公桌旁坐下。他差点忘了给自己点上烟，不过他很快想起了烟的好处。抽了一根永远有存货的烟之后，他能干活了，这烟让他有种奇异的舒适感。

没多久，托布勒太太出现在办公室门口，平静地说：

"您的行为激怒了我，马蒂，不过那样也好。请您忘掉刚才发生的事，待会儿过来喝咖啡。"

她轻轻关上门，走了。雇员剧烈地颤抖着，手根本握不住笔，世界在他眼前起舞，窗户、桌子、椅子似乎都成了活物。他戴上帽子，出门去游泳。"喝咖啡前赶紧去一趟。"他心想。他竟然还打算为了希尔薇去谴责这个妇人？真是蠢！

即便是幸福和健康自己来生活的浪花中畅游，也不可能有他在湖里游泳时这么享受。湖水宁静，但已经有些冰冷的表面上升起雾气。湖面像一层油，那么平静，那么结实。水这种元素的清凉让裸露的身体活动起来更加充满力量和活力。看守从小更衣室冲他大声喊道："别游那么远，外面那个，嗨！您听到没有？"但约瑟夫只管游，他一点也不担心胳膊或腿会抽筋。他的胳膊长长地伸出去，将那条湿而美的带子截开、切断。从湖底深处涌起的冰冷水流，仿佛轻轻吹向他的呼吸，更美了。他仰面朝天，眼睛望向湛蓝的天空。往回游的时候，眼前是浸润在秋色之中的大地、湖岸、房屋，它们都在那儿，裹着一层色彩与香味的意乱神迷。他从水中走出来，穿上衣服。离开游泳场时，忧心忡忡的看守对他说，他应该听从指挥，听到提醒就往回游，假如出了事，别人可是要让他来担责任的。约瑟夫笑了。

托布勒太太听说他忍不住又去游了今年的最后一次泳时，一脸惊愕。

他们坐在花园小屋里，游完泳后，约瑟夫觉得这棕色的饮品味道格外好。的确，是应该再利用一下这几个温暖的日子，托布勒太太说。她开始讲自己结婚的事，还有以前住过的公寓。

这样一栋属于自己的房子，可以随意进进出出，多么诱人且安静。这样的住处恐怕没那么容易再找到——

约瑟夫打断了她。他礼貌地说：

"托布勒太太，这下您又要生气了。您为什么总要这样想呢？我想提醒您，我是您顺从的仆人，但总搞得这样不愉快干什么呢？现在我从桌边站起，并请求您允许我重新坐下。"

他站起身。她说，他可以坐下。他照办。

两人沉默了一会儿，然后，她突然来了兴致，说想去荡秋千，并且请助理帮忙拽着绳子推她。坐在秋千板上高高荡向空中，然后又带着风声落下，她大声喊着说自己喜欢这个。"应该再利用一下这座花园。"因为冬天就要来了，然后就得——待在家里！

然而没过多久，他就不得不拉住秋千，因为她觉得头晕。拉住她的时候，因为得用胳膊稍稍揽住她的身体，他不可避免地闻到了她的体香。她的发丝碰到了他的脸，这丰满修长的胳膊！他强迫自己移开视线，心里突然有种冲动，想要亲吻她的脖颈，但他没有这样做。一分钟后，他想到这件可能发生的事情，感到毛骨悚然，十分庆幸自己放弃了那个念头。

他们重新面对面坐着。她兴高采烈地讲道：

她跟丈夫以前住的那栋房子里，曾经有个年轻人向她大献殷勤，那个因为爱情变得傻里傻气的家伙——噢不，她只是想一想就忍不住要笑出来，更不要说讲这件事了。一天夜里，这个出身上流社会的年轻人闯进她的卧室，当时她已经躺下了，年轻人扑倒在床前，向她袒露自己强烈的爱慕之心。她气愤地大喊，命令他马上离开，但无济于事。那人站起身，却并不是为了离开，而是要拥抱她。直到今天，她依然能清楚地记得那个可怕的瞬间，能感到抱着自己的那双手的压力。她当然呼救了，而她的丈夫恰好上楼，现在这件事里滑稽的部分来了：她丈夫听到了喊声，冲进房间，对着那个年轻人劈头盖脸一通打。他拿的那根棍子还挺粗的，在年轻人的头上、肩上竟打得断成了两截，让引起这事的她不得不哀求托布勒放过这个对手，更何况这人还算不上是对手。她丈夫随后把年轻人从楼梯上扔了下去。

"也就是说，我得小心了。"约瑟夫说。

"您？"托布勒太太说这话的时候，向助理摆出一个全天下无出其右的莫名其妙的表情。

她把注意力转向朵拉。约瑟夫能不能帮她个忙，她突然转过脸来问，邮局有个大包裹，里面是她的新裙子，她特别希望今天就能试穿一下，是否能冒昧地劳烦雇员去把包裹取回来？这也许会比较麻烦，约瑟夫也许有更重要的事情要做。

不，不，他会去取回包裹，约瑟夫说，很高

兴能有这个由头去一趟邮局。

他马上动身，半个小时后就把那个纸盒带回了托布勒别墅。打开这个期盼已久的包裹时，妇人完全就是忘我的化身。她回到楼上的卧室里试穿裙子，保利娜给她帮忙。幸好男主人不在家，否则他肯定要对女人的这种兴奋喜悦连嘲讽带谩骂了。

几分钟后，她回到客厅，因为这条剪裁入时的奢华裙子而心醉神迷。裙子穿在她身上美极了。她希望听约瑟夫说说自己看上去怎么样，充当小跑腿的希尔薇奉命将助理从办公室叫上来。看到这么美丽的托布勒太太，约瑟夫很惊讶。讲究得像位男爵夫人，他笑着说。不，她说，说老实话，我看上去怎么样？美极了，他承认道，然后又大胆地补充说："非常好地突出了您的身材，您看上去已经不像是托布勒太太，而是从湖中游出来的美人鱼。对贝伦斯魏尔人的眼睛来说，这裙子已经有点过于美丽了。不过这些人也应该了解一下，看一看州首府的裁缝能够做出什么。这条裙子的质地和样式让人看了之后，会觉得仿佛那料子与样式沟通过想法，而样式又是自己选择了这美丽的材料。"

这番话让托布勒太太非常开心，她在审美方面应该是有些缺乏自信的。她微笑着说，自己可不敢穿着这身走在贝伦斯魏尔的巷子里，将来只会在进城的时候穿它。

未支付的汇票和账单。银行的疑心越来越重，约瑟夫去贝伦斯魏尔银行办事的时候，柜台职员跟他说话的语气已经不再只是惊讶，而是越来越多高高在上的同情。"你们山上的情况不好啊"，那语气表达着这样的意思。邮差每天都会将支付提醒和敦促送到长庚星来。他们什么东西都没有付钱，包括不断抽掉的那些烟。

花园里的山洞也完工了，只除了一些细节，托布勒先生打算等情况好一些后再让人做那些。建筑公司发来了账单，金额大概是一千五百马克，托布勒别墅的人已经很久没有见过这么多钱了。去哪儿找？从地里挖吗？夜里把莱奥放出去，找一头四处转悠的驯鹿，把它打倒在地，然后抢到这笔钱吗？可惜啊，二十世纪已经没有骑士拦路抢劫的事了。

但至少又到了可以举行一场小小的庆祝活动的时候。请柬被送去给村里的七位有头有脸的先生，其中三位接受了山洞庆祝晚会的邀请，其余四位，就像大家通常表示抱歉时说的那样，有事不能来。不过这对活动本身没有什么影响，来的人越少，不多的酒分到每个人头上就多一些。地窖里还有几瓶上好的诺伊恩堡葡萄酒，现在就喝掉，比这更体面的机会不会那么快有了。

那三位先生一个是香料商人，一个是"帆船"酒馆的老板，还有一个是保险代理人。他们按照约定的时间，在一个风雨交加的夜晚来了。大家立刻进了那个精灵山洞，这个山洞模样的东西抹着水泥，裱了墙纸，细长的形状看上去像个炉膛，洞顶有些低，让客人们撞了好几次脑袋。山洞里放了一张桌子，几把椅子，都是助理和保利娜一起搬过来的。照明的是一盏灯。

酒很快送来了，以高贵、让人上头而闻名的饮品被斟进酒杯，跳跃过正在品味的、享受的、咂巴的嘴唇，流进一条条喉咙里。只要家里还有这么点酒，那——正在致辞的托布勒突然停了下来，妻子眼中闪出的警告让他变得小心谨慎，没错，他刚才差点对这三个狡诈的贝伦斯魏尔人说了蠢话。他，他是一个心无城府的男人。

　　谈话越来越愉快、放松，当着在场的三位女士（木地板厂的母女俩也来了），本不应该讲的非常不雅的玩笑在嘴巴之间飞来飞去，然后被大笑着的理解力捕捉住。只有约瑟夫没怎么笑。他是不是有什么不满意，托布勒问他，他应该喝点，这样就能高兴起来了。忧愁躺在杯底，那就干脆利索地把它喝掉。保利娜去哪儿了？她也应该尝一尝诺伊恩堡。托布勒太太认为没这个必要，但工程师很坚持。

　　大家兴致勃勃地讲起了最不正经的故事，三个贝伦斯魏尔人真是讲荒唐故事的大师。假如托布勒能够为这天晚上的每一次大笑得到一百马克，那么他会在一夜之间变得富可敌国，比一下子支付完所有债务的钱还多一百倍。但笑声不会带来收入，它只是在小山洞的墙壁上回响，能让人高兴，却不能让人富有。

"祝你生意成功，托布勒！""帆船"酒馆的老板举起满满一杯葡萄酒说。这话让托布勒先生既感动又受伤，他跳起来说了下面这番话：

希望如此！

一个正常的男人想要竭尽全力实现自己的想法时，周围总会有很多人对他做的事说三道四，污蔑贬低。但这个人是超越了这些怀疑的，要干事业，那就不是敢于做某些事，而是一切。先生们，这种冒险行为看上去不仅仅是大胆，经常也会显得浮夸、可笑，因为它要不断完成的唯一任务就是不惧任何人的评判。这种冒险行为在阁楼里、实验室里、本子上、绘图桌上能做什么？它虽然在那里产生，但如果留在出现的地方，那就只是一个贪图享乐的梦而已。它得去外面的阳光下，得让人看到它，去面对被人视为可笑和无用的风险，要么战胜这风险，要么被这风险镇压。如果那些聪明的脑袋全都藏起来的话，对这个世界能有什么用？发明如果只是发明，又有什么用？发明是一项工作，不是冒险，思想如果只是高尚，那么就算摇晃这个世界的现存结构，也摇不出什么来。有想法就要去实现，思想希望被体现，这就需要勇敢无畏的男人、健康强壮的臂膀、坚定忠诚的手。需要的是经历了许多让人厌恶的事情之后终于站稳脚跟，需要的是不会很快再次从地面上抬起的脚。需要一颗能够经历风雨的心，一个，简而言之，男性的灵魂。并不是说，这个男人只要看到自己的事业戴上芬芳的、令人狂喜的桂冠就是幸福的，他追求的不是个人的权力，他所做的不过是那些如果做不到，就会让他窒息而死的事。是他的构想想要有所成就，而不是他，并且他的构想希望的是能够做到一切。一个想法要么死亡，要么胜利。我要说的就是这些。

听完这番极富浪漫色彩的演讲之后，几个安静、狡猾的贝伦斯魏尔人硬是抿起嘴巴露出了微笑。托布勒太太变得非常恐惧。邻居家那个姑娘似乎成了所有支棱着耳朵听话之人的代表，她大张着嘴坐在那儿。老妇人一句话也没听懂。约瑟夫与女主人是同样的感觉，托布勒坐下来将一杯诺伊恩堡一饮而尽的时候，他跟女主人一样松了口气。这番演讲似乎比那些葡萄酒更让他难过。大家很快又开始谈笑风生，误入山洞的严肃匆匆到来，又匆匆离开，大家决定玩雅斯。托布勒的眼睛又开始像之前那个重重烟花腾空的夏日夜晚一样闪闪发亮。"是的，他的确适合各种各样的庆祝场合。"约瑟夫心想。

第二天早晨，湖里漂着许多软木塞，还有几片被昨天的风雨吹到这里来的黄叶。下雨了。整座别墅看上去既忧伤又孤独。约瑟夫站在花园里：这是怎样的一番景象！然而他不让自己陷入那想要抓住他的情绪之中，强迫自己的思想留在日常的现实里。

有积极、正面意义的工作越来越少，大部分时间都只是在打发债主。这些人开始从四面八方出现，用越来越强硬的方式催债，还有一项工作是延缓或推迟不得不还钱的时间。钱，钱，得用一切还能用的方法弄到钱，然而能够弄到钱的方法和途径少得可怜，少数几条途径也是可疑的、不牢靠的。其中一个还有可能弄到钱的渠道既卑劣又丢脸，那就是偷偷摸摸从个人那里弄钱。比如托布勒出门的时候碰到某个亲戚或熟人，他要么向对方坦承那个不光彩的事实，要么谎称现在手头刚好急用钱，用这方式从这里那里搞一点点钱，这些钱往往都被用于个人或家庭开销。

约瑟夫通常还是会遵守去办公室的时间，但实际上，办公室里已经没有什么能带来实质性进展的事情可做，他只是为了去那里而已。一天早晨，助理去邮局时忘了关办公室的门，等他回来的时候，看到了下面的场景：托布勒恶狠狠地说，就算没有钱，也还远没到要如此不讲规矩的地步，他不允许。就算没有现金可偷，完全可能有人大摇大摆地从敞开的门里进来，比如邮差，或者其他人，他们进来乱翻账本、文件，家里还不会有人发现。

约瑟夫回答说，有可能是保利娜没关门。他不会做这种事，他是很守规矩的。

就是保利娜，上司吼道，来向自己指控他的，而他现在无耻地把事情推到保利娜头上。他反正总是把一切都推给保利娜。

她指控自己什么，这个长舌妇？被套住了脖子的囚徒说。托布勒让他闭嘴。

这真是艰难的日子，风雨交加，却又有着独特的魔力。客厅突然舒适得让人悲伤。外面的潮湿和寒冷让房间变得更加可爱，屋里已经生了火，外面一片雾气蒙蒙的灰色中，黄色和红色的树叶火热地燃烧着、发着光。樱桃树叶的红色是闪亮的、受伤的、疼痛的，但因为很美，所以又被中和并且变得明快。所有的草地和树木似乎都蒙着一层纱和湿布，不管是上还是下，远还是近，一切都灰暗潮湿，人走在里面，就像是穿行在阴郁的梦中。不过这种天气、这样的世界，都表现出一种隐秘的欢乐。走在树下，能够闻到树的气味，听到成熟的果实落在草地或道路上的声音。似乎一切都变得成两倍、三倍的宁静，声音似乎睡着了，或是害怕发出响动。清晨或傍晚时分，湖上会传来悠长的雾笛声，相互提醒有船驶过。雾笛的声音听上去像无助的动物发出的哀鸣。雾是足够多的，其间也夹杂着个把好天。还有些日子很秋天，既不好也不糟，既不是特别阳光，也不是特别阴沉，既不晴也不阴，这些日子从早到晚保持着均匀的明与暗，下午四点的世界看上去跟上午十一点一样，一切都静静地待在那儿，呈现迷蒙的金色，有一点阴沉，色彩们都沉浸在自己的世界里，各怀心事地做着梦。这样的天，约瑟夫真是喜欢啊，一切看上去都那么美，那么无关紧要而又熟悉。自然界里这种无关紧要的哀伤让他没有了忧愁，也几乎没有了思想。之前还让他感到糟糕而沉重的许多事都变得不再糟糕，许多事也不再严重。这样的日子里，令人愉快的健忘带着他走到美丽的乡村公路上。世界是安静的，孤寂的，美好的，充满思想的。不管往什么方向走，总是同样苍白饱满的画面，同样的一张脸，同样严肃而温柔地盯着人看。

就在这段时间，伴着默默的"拿钱来！"的呼喊声，报纸上又登出了一则新的广告："寻找工厂合伙人"。村里的小生意人想要钱，但是被打发走了，跟他们说回头再谈。结果村里传得沸沸扬扬：托布勒不付钱！托布勒太太已经不太敢往村子里走，她担心挨骂。州首府的裁缝也写信来，要求支付做裙子的钱，金额将近一百马克，对一个女人来说，这是一个太容易记住的数字。

"写信给她。"托布勒太太对助理说。刚才来了一桶新酿的葡萄酒，也就是所谓的发酵果汁。家里的日子现在过得还不是太紧巴，恰好在这个时候苏醒过来的喜爱享乐的天性，拒绝过那样的生活。村里的人愿意怎么说怎么想都随他们，包括已经三个星期没有登门的施佩克尔医生夫妇。

约瑟夫写信给裁缝，那是一位名叫贝尔塔·然德罗的法国女裁缝：请她再耐心等待一段时间，眼下还无法支付账单。并且托布勒太太对这件活计并非像以前那样完全满意：衬裙太紧，胳膊下面有些勒。不过然德罗太太不用担心付款的事，只是目前不太好因为这件事去烦扰先生，托布勒先生最近因为生意和其他忧心的事压力很大。裙子是否应该先拿回去改一下？期待回复，并请相信这封信中所言，等等。

托布勒太太签了字，就像这家的老板在无数封信函上签字那样。

花园里全是从树上落下或从其他地方吹来的落叶。一天下午，雇员开始清理，他将落叶捡起归拢，堆成一堆，这是他力所能及的事。天又冷又阴。大片轮廓不明的云暗沉沉地盘踞在空中，托布勒家的房子似乎被冻坏了，它也在期待回到那个高贵而明朗的夏天。周围的树木都已经秃了，树枝又黑又湿。巡道工来帮约瑟夫一起收拾落叶，他就住在附近。这是一个和气、谦卑、常怀感恩之心的人。他说，那些好日子里的好东西，时候不好也就变得一文不值。他受过托布勒先生的一些恩惠，后者有时会给他根烟，给丰厚的小费，所以他不觉得现在的状况有什么理由一直持续下去。巡道工是那种对这个任何时候都很慷慨大方的工程师存有善意的贝伦斯魏尔人。

没多久，整座花园就都清理干净了。"又干完了一个活，"巡道工笑着说，"是的，年轻人，人干的活各种各样，只要认真、努力去做，那其中就总是有尊严的。如果您能给我几根托布勒先生的烟，我现在也不会表示反对，这样的天是可以来根烟的。"

托布勒太太给了这个人半升"发酵果汁"。

贝伦斯魏尔啤酒酿造股份公司被邀请在广告钟的几片区或说翅膀上做广告，他们拒绝了，以后也许会考虑吧！这又一次令人尴尬的失败让托布勒把狮子镇纸扔到了地上。镇纸摔得四分五裂，助理把碎块捡了起来。同时，已经有一发催付的炮弹瞄准了技术办公室，这炮弹虽然不会让任何人受伤，却能让人暴躁、愤怒，增加不安定感。

这炮弹不是别人，正是托布勒以前的代理和替他跑腿出差的某位祖特尔先生，他现在驾着一封封挂号信，一路小跑而来，要追讨工资和为广告钟办许可证的佣金。托布勒恨不能回信给这个人说："你就在热那亚给我滚到一边去吧，你这个蠢货。"但他还是得很理智地承认这笔让人不快的新债务，并给那个人写信说："我无法支付！"

耐心！托布勒先生不得不要求所有的合作者、供货商和周围的人耐心等待，大概就这样：请耐心等待，我，托布勒是认真而真诚地这样说。我非常不谨慎，将所有的现金资产都投进了现在的公司里，请不要过分逼我，我正在整理自己的责任，我还有遗产可以继承，母亲那边的遗产我还有部分继承权，并且，我还在那些具有世界级影响力的重要报纸上发了一则寻找投资者的新广告。我的头虽然有点晕，但——如此这般。

托布勒正在跟律师商讨那笔可能会有的遗产，现在每天都会给律师写信和明信片。

这时，第一台自动狩猎售卖机也做好了，非常好用，这消息让人欣喜地燃起希望。发明家说，或许靠这台自动售卖机能把广告钟和投在广告钟里的钱救回来。一天，机械师的助理邀请约瑟夫去看一下做好的成品，约瑟夫欣然接受了邀请，更何况这是一个非常美好、温暖的秋日。他出发了，一路不紧不慢地走去那个步行大约需要一小时的隔壁村。右边一路都是延伸向山上的森林，左边是平静的湖面，即便是为"公事"，沿着乡间公路走这一趟也很舒服。到村里之后，他打听机械师的工场在什么地方，找了好半天，终于在纠结交缠的村中小巷里找到了，他看到了涂着高雅装饰色的自动狩猎售卖机。负责制造的人低声向约瑟夫介绍，这台机器使用起来是多么流畅，一点杂音也没有，不过眼下，他希望托布勒先生能够支付相应的报酬，或者说，他期待能得到这笔报酬，毕竟最主要的工作都是他做的，只是托布勒先生并不认可。仅靠跳来跳去、发号施令和四处奔波还远远不能让一件事成为现实，需要的是真正干活的手，请约瑟夫告诉他的上司这里的活干得怎么样，让托布勒了解一下没坏处。

听着这些不满的发泄，约瑟夫一言不发，不久之后就动身回家了。

到家的时候，远远地就有人对他喊道，有位先生在办公室等约瑟夫·马蒂先生。

是州首府职业介绍所的经理，助理就是通过他得到这份工作的。这是一个特别不修边幅的人，但行为举止又十分谦卑温和。两位先生友好地互相问候，几乎像兄弟一样，虽然两人的年龄差距很大。经理零乱的脸让约瑟夫想到了很久以前的一些事，他仿佛看到了那间潦倒的小办公室，看到自己坐在那里的一张写字台旁，托布勒先生走进门来，经理从座位上站起，四下看看，想找个能为托布勒先生服务的合适的人。那真是很久前的事了。

经理先生到贝伦斯魏尔来做什么？

这个已经上了年纪的人在办公室里四处查看，

说自己只是想看看这个显然让约瑟夫很喜欢的地方。今天办公室里恰好很闲，没什么活要干，所以他就干脆坐上火车，也让自己出来转转。不过，他也不全是因为好奇才来的，他很乐意把享乐的事跟有用、必要的事结合一下，所以他想冒昧地来问一问，为什么直到今天，那笔惯常会有的中介费还没有寄到，虽然他已多次写信催付。他的信和催付的信息难道没有寄到吗？

"不，信的确寄到了，但是现在没有钱，经理先生。"约瑟夫回答说。

"什么？这么一点钱都没有？"

"没有！"

经理露出沉思的表情，问能不能见一下托布勒先生。约瑟夫说：

"最近这段日子，托布勒先生不见任何来向他要钱的人，就是因为这个，我，他的雇员，才在这里。请您稍坐一坐，经理先生，您可以休息十分钟，然后再离开。虽然非常尊重您，但我也不得不告诉您，在托布勒家，那些来意是向我们索要东西的人是非常不受欢迎的。托布勒太太和托布勒先生都明确地吩咐我说，有这样的人来就迅速打发走，不要跟他们说什么，冷淡地拒绝他们。三个半月之前，我在办公室跟您道别的时候，是您自己建议我要做一个忠实、顺从、勤奋的人，好让别人能够留下我，而不是在半天糟糕的试用期之后就把我撵走。您看，我到今天还在这儿，看来我经受住了考验。我适应了这里奇特的环境，我想，我很适合这里。"

"您拿到薪水了吗？"经理问。助理回答说：

"没有，这是我不太喜欢的地方之一。关于这一点，我已经跟托布勒先生谈过很多次，我能感觉到，这是件对他并不怎么愉快的事，每次我刚开口想提醒上司，就马上没有了谈话的勇气，每次我都对自己说：你先往后推一推！到今天，虽然没有薪水，但我依然活着。"

"这儿生活怎么样？伙食好吗？"

"非常好！"

经理忧心忡忡地说，听完这些话，他别无选

择，只能通过法律途径来向托布勒先生要钱了。

"您就这样做吧。"约瑟夫说。经理拿起已经磨旧了的帽子，用慈祥的眼神看着助理，跟他握了握手，离开了。

由于看不到有什么更重要的事可做，约瑟夫拿出一张纸，写了下面这段话：

坏习惯。

有一种坏习惯就是，不管出现任何有生命的东西，都会马上引起我的思考。稍稍碰到点什么，我心中就会燃起一种特别的思考的兴趣。刚才有个男人从我这里离开，跟他苍老、贫穷的形象结合在一起的回忆让我觉得亲切而又重要。看着他的脸，我相信自己是遗忘或者丢失了什么，或者只是将其丢在了一旁。这失落的东西马上刻在了我心中，过去的画面占据了我的眼睛。也许我是有点过于紧张了，但我也是个精细的人，能感觉到最小的损失，在某些事情上，我过分认真，只是偶尔才不得不告诫自己，不管愿不愿意：
忘记！一个词就能让我感到最可怕、最强烈
的尴尬，我脑海中随即被这些看似微小的无
关紧要之事占据，完完全全，而现实在做什
么，如何生活，则让我感到无法理解。这些
就是坏习惯。我此刻正在做的，把自己的想
法记下来的这种做法，也是一个坏习惯。我
现在去找托布勒太太，也许她那儿有什么家
务需要我做。——

他把写下来的东西扔进纸篓，离开了办公室。
果然有件家务事正等着他，就是将冬天用的外层窗
户从阁楼搬到地下室里，这些窗户需要擦洗。他马
上脱掉外套，把窗户扛到楼下。托布勒太太对他这
种干活的热情感到很惊讶，这段时间负责清洁的洗
衣妇说，他才是那个还能到处帮忙干点事的人。在
这句赞扬后面，她又用粗哑的声音补上一句人生教
训，说如今的世界越来越不安全，变化越来越大，

年轻人真的有必要什么都干一下。对一个年轻小伙子来说，学着去干点让人瞧不起的小事没坏处。

窗户擦洗干净之后，就要搬到各个房间里去，并把它们稳妥地挂进相对应的窗框里。托布勒太太提醒助理小心，她站在旁边，有点提心吊胆地看着他往外面挂窗户，觉得那些动作有的时候有些过分冒险了。"害怕的表情多么适合这个女人啊。"挂窗户的人心里想着，并对自己非常满意。

或许这也是他的一个坏习惯，每次只要有机会干点体力活，他就会觉得很满足，甚至很幸福。至于头脑，他就这么不喜欢使用自己作为人所拥有的更好的这一半吗？他天生就适合去砍柴或者赶马车？难道他应该生活在原始森林里，或者去远洋轮船上当水手？可惜啊，贝伦斯魏尔附近没有要盖房子的地方。

不，他或许根本不是没有头脑，再者说，生来健康的人也不太容易变成那样的状态。不过他就是更喜欢跟身体相关的活动。他依然清晰地记得，上学的时候他体操就做得很好。他喜欢在大地上行走、在山峰上攀爬、在厨房里清洗餐具。小时候，他在家里就曾经一边洗碗，一边给母亲讲故事。活动胳膊和腿在他看来是特别可爱的事，比起思考高深的事，他更愿意去冷水里游泳。他喜欢出汗，这就很能说明问题了。他难道生来就适合去搬砖？应该把他拴在手推车上吗？不过，他倒并没有赫拉克勒斯的天生神力。

是的，头脑他是有的，只要他愿意，但他实在是太喜欢在思考这件事上选择休息。有一天，他在贝伦斯魏尔村看到一个拖着几袋东西的人，当时就想，假如托布勒把他赶走，他就来做这个。当时还是盛夏，现在已是深秋，他们都开始挂外层的窗户了。

干完了这个活之后有新酒喝，这时也已经到了吃晚饭的时候。饭桌上的交谈很热烈，大家早就吃完了，却都没有离席。洗衣妇的丈夫是一个朴实的工厂工人，他也来了。托布勒太太请他也喝一杯新酒。他在桌边坐下，很快就唱起一首欢快的歌来助兴。他的杯中不断斟上酒，其他人也都喝了很多。上床睡觉去，孩子们！一个小时后托布勒太太喊道。保利娜抱着朵拉，让她跟大家一一道别。洗衣妇能说会道，说话有趣，她滔滔不绝地给大家讲村里的各种逸事，还有爱情故事和恐怖故事。男人又唱起了歌，他妻子想阻止，因为他唱的词很是放肆，但托布勒太太让他想唱什么就唱什么，孩子们反正已经离开了，个把过分的词对其他人来说也没什么，而且她自己也想听听。酒的魔力往这个面色黝黑的独眼男人嘴里放进了许多绝妙的歌词，大家开怀大笑，笑得最多的是托布勒太太，看来她是想"好好利用这个机会"，过去的几个星期，她几乎没有享受过这样的聚会，这让她十分忧伤。今天晚上来的并不是身份高贵的人，但至少性格活跃，虽然是穷人，但真诚坦率。而且她也想要彻底放纵一下，虽然自己也解释不清为什么，总之就是想不停地往杯子里添酒，直到深夜。约瑟夫喝醉了，他舌头发硬，差点出溜到桌子底下去。其他人还好，托布勒太太更感兴趣的是聊天、大笑，而不是喝酒。工人看样子酒量很大。约瑟夫跌跌撞撞地上楼，正想回自己的房间，托布勒突然出现，生气地问为什么又没有点阳台的灯，外面的花园里一片漆黑，要是摔断了胳膊或腿怎么办。他看见了客厅里的景象，隔壁的夫妇二人站起身，过了一小会儿，他们怯怯地道了晚安，走了。这里是在搞什么？托布勒问他的妻子，后者只是笑，用手指着雇员，雇员正艰难地克服上楼这个小困难。主人累了，所以没有说太多话。"喝新酒"了，这不太合适，但也不算犯罪。

第二天早晨，约瑟夫比平常起得早些，工作得也格外勤奋，他觉得良心不安，害怕面对自己的上司。但他既没有被揪掉一只耳朵，也没有东西朝他的脑袋飞过来，托布勒比平常都更加和气、亲切，甚至还开起了玩笑。

在这一天，助理向托布勒太太承认说自己感到害怕。她瞪大眼睛看着他，就好像他身上有什么让人不解的地方。她说：

"您是胆小和勇敢的奇怪综合体，约瑟夫。踩在窄窄的窗沿上，深秋季节在湖里游出去那么远，做这些事您一点都不害怕，说伤害女性的话，您也是想都不想，但在主人和上司面前，您会因为一个完全无伤大雅的错误感到害怕，这真是让人无法不想，如果您不是非常喜欢自己的这个上司，那就是在心里非常恨他。还能怎么想？一个男人对另一个男人的这种极端的尊敬意味着什么？尤其是现在，托布勒在外面形象不好的时候，看到您对这个人抱有如此细腻的崇敬，就更让人惊讶。我还是看不懂您。您是心胸宽广，还是地位低下呢？去干活吧，我本不应该说这些重话，但还是对您说了。以后您不要再害怕我的丈夫，他还从来没有咬掉过谁的脑袋。"

这番话是在客厅里说的，没过多久，约瑟夫就在妇人的卧室门口吓了她一跳。她恰好没有关门，披着一件晨衣，正站在洗漱台前整理头发，两只胳膊心无城府地露在外面。听见约瑟夫的声音，并看到他的时候，她尖叫了一声，一把甩上了门。多么美丽的胳膊啊，助理心里想着，继续上楼。他是要到阁楼里去找个旧物件，没找到要找的东西，却看到了托布勒的几双旧靴子，显然已经不再穿了。他盯着这几双高筒靴看，看的时间久得不同寻常，直到他爆发出一阵大笑，虽然思绪已经不知飘到哪里去了。

这时，希尔薇走进阁楼里，手里抱着要放在阁楼上的衣服。她站在约瑟夫面前，仔细看着他，就好像从来没见过这个人一样。这个孩子！接着，她把手里的东西放下，但并没有下楼去，而是在一个敞开的盒子里翻来翻去，显然没有什么目的，边翻边向那个盯着她看的年轻人提出各种莫名其妙的问题。年轻人很快就觉得无法再看着希尔薇，于是下楼去了。

在办公室里："托布勒太太对我的举止感到惊奇，她的行为才真是让我感到不可思议。她怎么会想到对我说那样的话，她，一个不独立的女子，希尔薇的母亲？我马上就去当面告诉她，她是个多么恶毒的母亲。我虽然只是托布勒家的一个雇员，但这个家摇摇欲坠，我生存的地方也就摇摇欲坠。"

托布勒太太站在客厅门边，情绪激动地对着

听筒说话，显然又是一件让人不愉快的事。她的脊背颤抖，肩膀剧烈地一起一伏，说话的语气严厉、蛮横。电话那头难道是哪个放肆的债主？她尖着嗓子，声音和声带似乎都要撕裂了一般。终于说完了。她转向约瑟夫，那张脸既骄傲，又痛苦。打电话的时候她哭过。

"是谁？"他问。

"哦，"她说，"工头，修山洞的那个人，他想要钱。但我让他碰了个钉子，您刚才应该也听到了。"

她没有说是什么样的钉子，但不管她说不说，反正助理现在没有勇气说她是个恶毒的母亲了。

本来应该是他来接这个电话，他难道没听到电话铃声吗？没有？那以后就把办公室的门留个缝，那样就能听到了。

约瑟夫当然听到电话铃了，但他懒得动，他想的是："她也可以去接一次电话，这对她那高傲的语气没有坏处。"

瓦尔特来了，说弟弟埃迪冲着一位贝伦斯魏

尔的先生吐舌头，还把拇指顶在鼻子上，冲对方做嘲笑的手势。埃迪跑到这位先生的花园里偷梨子，结果被抓到了，挨了一记耳光。埃迪跑远了之后对这个人骂了很多脏话。

这件事要告诉丈夫，托布勒太太说。

"如果我是您，托布勒太太，"约瑟夫插话说，"我就自己教训孩子，严厉点都没关系，但是绝不会选择'告诉丈夫'。首先，托布勒先生现在有很多其他事要做，这个您最清楚；其次，您是埃迪的母亲，跟您的丈夫一样能够判断教育这个淘气鬼的尺度。假如今天晚上托布勒先生又听到您嘴里说出这样的抱怨——这种事已经发生过很多次了，他很可能又会大发雷霆，对孩子的惩罚很容易非常严酷，但并不合适。您想一想，尊贵的太太，您如果在这个时候用这种不是那么重要的事去烦自己的丈夫，会让他多么愤怒，他可是正好希望利用这个时间，在家庭的怀抱中缓解因为生意和找钱的事带来的疲惫，您也会赞同我的这个说法，虽然您习惯于把我当作冒犯您的人。请原谅。我是为了托布勒家的利益说的这些话，我热爱这个地方，希望能够在这里有点用处。您生我的气了吗，托布勒太太？"

她微笑不语，似乎觉得没必要回答。她走进厨房，他下楼去办公室。

托布勒先生破天荒地回家来吃晚饭了。家里怎么样，他用阴沉压抑的声音问，情绪很不好。约瑟夫听见他说话的这个声音就有种不祥的感觉。这声音对他产生的影响是多么强烈！托布勒非得在吃饭的时候回家，就为了来检查一下自己的助理吃饭香不香？他几乎没有了胃口，决定吃完饭就赶紧去村里的邮局。托布勒费力地脱下大衣，约瑟夫看到后心想，也许应该从座位上跳起来，去帮主人脱他的大衣。那样的话，也许能让托布勒表现出的坏心情显著改善。为什么这么没眼色呢？难道是因为他觉得这样有损男性的尊严？坐在那儿提心吊胆，害怕会出什么事，这样可真有尊严。托布勒的出现总让约瑟夫担心会出什么事，是的，这个男人心里压抑着什么，厚重、通红地高高堆起，在他身体里噼啪作响，发出轻轻的炸裂声，看上去仿佛随时要进发而出。这个时候还想着是不是有失尊严，的确有些不太合适，应该就做些好事，能避免这怒气爆发的必要的事。去帮忙脱掉一件大衣，全家人的夜晚就能得到救赎。托布勒心情好的时候，是非常好相处的一个人，慷慨大方，但约瑟夫羞于表现得那么乖巧。还有一件事，妇人的嘴就好像被一根机械牵引绳拉开了似的，用惹人恼怒的语气讲了埃迪做的事，以及他的罪过。

父亲走到儿子跟前，往他的小脑袋上狠狠打了一巴掌，那一巴掌足以放倒一个强壮的成年男人，更不要说是埃迪这样的小孩儿了。房间里，所有人都瑟瑟发抖，托布勒太太羞愧地垂下眼睛，后悔自己讲了这件事。托布勒连推带搡地把埃迪赶进隔壁黑乎乎的房间里，告状的瓦尔特脸色惨白，朵拉紧紧搂着母亲的胳膊。母亲壮起胆子说：够了，托布勒应该冷静一下。托布勒大声叹息着。

"让人费解的女人。"约瑟夫小声自言自语道。

非得在这种时候出这种事，托布勒在桌边坐下的时候说，现在全村人都在说他的坏话，那些人本来就是一个鼻孔出气。这些坏孩子！这下每个人都能用手指着他这个教育者和父亲说，儿子跟老子一个样。一只脚刚踏进房门，迎面就来这么一件烦心事，就这还想让他有勇气期待事情的转机。惩罚自己的竟然是自己的孩子，之所以会这样，就是因为把照顾他们、给他们衣服穿、给他们饭吃当成自己的责任。见他的鬼去吧。让他们以后就光着脚去上学，这些坏小子，让他们吃干面包，别吃肉了。他要换种教育方式。不过也不用那么麻烦，要不了多久自然就会那样了，等回头没饭吃了，他就等着看自己的这些小崽子如何改头换面。

他太过分了，够了，托布勒太太说。

托布勒在家里没有更换统治方式，长庚星的指挥棒和调门还是跟之前一样，现在指挥的脑子里要考虑的事太多，而助理指挥又是个天性十分简单并容易满足的人，连早该支付的薪水都不用给他。这个人更喜欢田园风景，喜欢这个地方的种种，云和风依然在绕着托布勒家转，只要它们还有兴趣在这里停留，助理就看不到离开的必要。

一天，下雪了。这年的初雪啊，你为什么看上去是装满回忆的样子。过去的经历跟着你一起匆匆飞向地面，父亲、母亲和兄弟姐妹的脸从你那层湿漉漉的白色面纱上显露出来，清晰而又意味深长。你来的时候，无数的雪花让人感到既严肃又有趣，让人觉得你是个孩子，是兄弟，或是可爱羞怯的小妹妹。伸出的手想去抓住你，不是整个的你，只是小小的一部分。想要接住你的那个桶得像大地一样宽广。可爱的初雪，下吧！你在托布勒家的房子和花园里静静铺开一片美妙的柔软。托布勒太太惊讶地喊道："下雪了！"孩子们喊叫着跑进温暖的屋里来，红扑扑的脸上粘着雪花，头发里也沾着雪屑。很快，保利娜就得去花园里用铲子、扫帚把路扫出来，免得托布勒先生的脚和鞋踩得太湿。

托布勒还没有让儿子们光着脚去上学，这种命令要执行没那么容易。虽然风雪交加，又冷又湿，这座可爱的别墅里依然还有饭吃。约瑟夫去邮局的时候穿着大衣，这件衣服虽然是别人给的，但依然暖和，而且穿上也很好看。托布勒太太请助理从村里带一点能读的东西回来，漫长的夜晚非常适合阅读。又不能每天晚饭之后都玩雅斯。约瑟夫去镇上的图书馆借了些书回来。女孩儿们穿着厚厚的红色小大衣去雪地上玩，她们想用雪橇从山上往山下滑，但是不太能滑，新雪太软，还没有在布满石头的地面上冻结实。大狗莱奥四处撒欢。

一年四季都有自己特殊的气味和声音。春天总让人觉得似乎从来没有见过这样的它，它从未如此特别；夏天的丰腴年年不同，却始终迷人；之前从来没有仔细看过秋天，直到今年；等到了冬天，冬天又变得崭新，与一年前或者三年前完全不同。是的，每一年都有自己独特的曲谱，自己的香气。在某个地方度过了某一年，就意味着经历过、见过这一年，地点与一年年是紧密相连的，那么发生的事与这时间亦是如此？人的经历能给十年渲染上新的色彩，那么短暂的一年更是如此，而且更甚。短暂的一年？约瑟夫对这个说法非常不满意。他站在别墅前陷入沉思，并说道："这一年，多么漫长，多么充实。"——

这漫长并非从他身边迅速掠过，只是当他想到这漫长时，他才觉得它仿佛已经长出了翅膀和羽毛，如绒毛般轻盈。现在已经是十一月中，但如果仔细思考一下，他在五月的时候就已经以现在这样的表情、表现和思想面对这个世界了。就像他的朋友克拉拉说的，他没什么变化。

那么这个世界呢，它有变化吗? 没有。冬天的景象可以覆盖在夏天的世界上，还可以变成春天，但大地始终还是那样一副面孔。它将面具戴上又取下，皱起眉头，或是舒展开宽大美丽的额头，或微笑或恼怒，但它始终是它，喜欢装扮自己，将自己时而涂得五颜六色，时而又晦涩暗淡，时而灿烂，时而苍白，它从来就不会完全是一个模样，总是会有些变化，却永远生动，永不安宁。它的眼中射出闪电，大嗓门鼓出雷声，它哭得大雨如注，又用嘴微微笑出洁净和闪烁着微光的白雪，但这张脸的轮廓和线条几乎没有变化，只是有时会有地震、冰雹、洪水或喷发的火山从平静的表面漫过，人世间与大地的情感和震动从里面撼动它，使它战栗，但它依然是它。一片片地方没有变化，城市虽然越来越大，越来越浑圆完整，但突然之间飞走，寻找另外一个地方，这一点城市也做不到。大江大河几千年来一直循着同样的线路流淌，它们或许会被淤泥堵塞，但并不会突然从河床冲进轻飘飘的空气中。水依然得去钻沟渠孔洞，流淌和挖洞，这是水要遵循的古老法则，湖泊则留在它们已经停留了很久很久的地方，它们不会飞向太阳，也不会像孩子那样玩皮球。它们有时会愤怒，将水与波浪怒气冲冲地撞在一起，发出嘶嘶的声音，但它们既不会在某个白天变成云朵，也不会在某个夜晚变成野马。大地之上和之下的一切都遵循着美好、严格的法则，就像人一样。

托布勒家的四周现在入冬了。

这段时间的一个周日里，约瑟夫觉得可以在

这一天再进趟城，去消遣一下。在城里，他看到街道上的雾，地上是湿漉漉的树叶，公园的长凳现在已经没法坐，人也不想坐了，巷子深处是嘈杂声，晚上，酒吧前面到处是怪声怪气唱着歌的醉鬼。他在他的魏斯太太那儿待了半个小时，给她解释托布勒先生和太太是什么人，但内心里的羞愧和不耐烦让他在这个安静、温和的妇人这里没法待很久，他又回到了周日夜晚的小巷中，去了几家营业内容暧昧的酒馆"消遣一下"。他是这样的人吗？言而总之，他喝了四杯啤酒，在"温室"，他跟吧台那儿几个玩世不恭的意大利小伙吵了起来。他登上小小的杂耍舞台，当着所有人的面，开始教在那上面玩杂耍的人什么叫品位，身段如何才算灵巧，直到他被酒馆的几个服务生扔了出去。

在寒冷的夜中，他在公园的一条长凳上坐下，让冷峻的天气从大脑和四肢中吹走酒醉的感觉。狂风呼啸，摇晃着公园中树木的枝干。但这一切似乎对夜里待在这儿的另外那个人丝毫没有影响，他也在这里休息，跟约瑟夫面对面坐着。这是个什么人？是什么让他跟约瑟夫一样坐在这风雨交加的夜里，他是因为什么？什么人会这样做？助理感觉到了某种不幸或苦痛的存在，他朝坐在那儿的那个黑乎乎的人影走过去，认出了那个人——维西希。

"是您？您好吗，维西希？"他惊讶地问道，酒一下子醒了。维西希良久无语，然后才说：

"我怎么样？不好。不然谁会这样坐在寒冷的雨里？我没有工作，没有任何生活来源。我会去偷盗，我会进监狱。"

他凄惨地大哭起来。

约瑟夫给他在托布勒家的这位前任一个金币，维西希接过去丢在地上。助理冲他喊了起来：

"别这么固执啊，拿着这钱，托布勒今天给我这钱的时候，非常不情愿。山上的长庚星现在也没钱了，但是我们不泄气。而您，维西希，可别说什么要去偷盗的话，要说这话，还不如先抽自己一个嘴巴，为什么要去偷盗？不是有给失业者的职业介绍所吗？您恐怕是觉得去那儿找那位经理很丢脸，那是个非常非常亲切、温和、有经验的人。长庚星的人有一天思想足够开放，于是从这家介绍所里雇了一个或许不是很能干，但能用并且适应能力很强的年轻人，他名叫约瑟夫·马蒂，就因为那个维西希先生不好好工作。您得去工作，明天早上就去四处打听，不管到哪儿都问一下有没有工作，您要坚信，总会有人用某种方式在某个地方给您某份工作。您怎么能这样！肯定也会有些地方生硬、冷淡地把您打发走，但您只需要继续走，直到找到能够提供基本生活来源的那件差事，让您慢慢重新回到人群中。不能允许自己有偷盗的念头，应该让健全的头脑成为并且始终充当主宰，不要去反复刺激它，让它沦为傻瓜或无赖。如果我是您，现在就会用这钱去找个能过夜的地方准备睡觉，这钱不是我给的，是托布勒给的。您母亲还好吗？"

"病了！"维西希这话更多是用手，而不是用嘴说的。约瑟夫喊道：

"因为您，对不对？不要反驳，我知道，我就像是亲眼看着这场疾病和衰败。眼见不肖子堕落到连忙着捡烟头的人都无法坦然直视，哪个母亲会不绝望？她曾经为自己的儿子自豪了那么多年，总是用充满爱意和赞赏的眼神仰望着他，为他操心，照顾他。她还活着，但生病了，假如还是过去那些有着些许希望的日子，她照顾和疼爱的对象还是正派勤劳的，哪怕只是有一点点像细弱的稻草那样摇摆，她都可以不生病。这个老妇人并不需要很多，就会感到心满意足，她会努力将自己曾经有过的、破碎的骄傲重新吹出小火苗。为了这些保持正直和强韧的努力，她几乎是在膜拜自己的孩子。而且这个健忘、堕落的人还是她的独生子，是母亲火热情感的第一个，也是最后一个机会，这个儿子却十分迟钝而残忍，他笨拙地踩在这爱和持续了很多日、很多年的喜悦之上。听着，维西希，我真想狠狠揍您一顿。"

他们一起走着，寻找能过夜的地方。"红房子"旅馆还亮着灯，他们走进旅馆的餐厅，桌边围坐的全是手艺人和四处打零工的人，其中一个正在讲各种恶作剧，显然都是他干过很多次的，其他人在认真地听。约瑟夫点了夜宵和一点喝的东西，心想，他明天早上就坐最早的一班火车回贝伦斯魏尔。

旅馆里只剩下一个空房间，所以维西希和马蒂只能睡在同一张床上。睡着之前，他们又聊了半个小时。维西希的心情渐渐开朗，约瑟夫跟他说，从明天开始他就在这个房间里拼命写求职信，然后把它们整整齐齐地装进信封，自己送出去。千万不要觉得将贫穷和困窘暴露在光天化日之下是丢脸的事，也不要露出一丝一毫可怜的表情，这会让那些人立刻感到厌恶，重要的是要让他们感到愉快。再者说，哀伤的表情也是缺乏品位的。亲自去找那些生意人有一个好处，那些多半受过教育、非常理性的人通常都会给人手里塞个五马克的硬币，因为他们亲眼看到了这个求职者是真心在努力争取。约瑟夫认识的很多人都靠这个获得了小小的成功。来恳求帮助的人叫什么，经历过什么，富人们多半是不关心的，但这些先生总会给人点什么，这是那些高贵、古老的家族里自古以来就有的善良、高尚的传统。真正的贫困就得去找真正的高尚，放心地去，因为在高尚那里，人的脖子总是被勒得最松，能喘气，能让人看到自己的状态和受苦的样子。既然已经躺倒在地，显出窘态，就得学着体面而自由地让人看到自己是在请求，别人会谅解的，这会让人心稍稍变得柔软，也绝不会妨害良好、灵活的社会风俗。但不能失态，不能像个裹着尿布的半岁小孩儿一样哭哭啼啼，而是应该用行为举止让别人看到，自己是被某种强大、有力的东西，是被不幸打倒在地的。这又会让人感到一点自豪，让铁石心肠也能显示出短暂、甜蜜、高贵、体面的温和。好了，现在他又发表了一番长篇大论，还带着相应的慷慨激昂，不过此刻，他想应该做的事是睡觉，因为他一早就得起床。

"我想，您是个好人，马蒂。"另外一个说道。随后，他们都睡着了。已是凌晨三点半了。八点钟，在睡了三个小时，顶着蒙蒙天光坐车赶路之后，助理又站在了技术办公室的绘图桌和写字桌之间。现在他要去客厅吃早餐。

八天后，他又进了一趟城，这回是去蹲禁闭。因为没有参加秋天的复训，他要关两天的禁闭。他按照指定时间到兵营报到，那里的人收了他的军人证，将他带到禁闭室。行军床上和铺开的大衣上挤了大概十五个年龄不一的男人，所有人都打量着这个新来的。禁闭室里充满各种难闻的气味，安着栅栏的窗户紧挨着街道的地面。"我至少还有烟抽。"约瑟夫心想，他在一张行军床上尽量把自己摆舒服。没多久，关禁闭的人就杂乱无序地逐一跟他搭了话。这里的人形形色色，都跟助理接受的是类似的惩罚。每个人都骂骂咧咧。这些人要么是干了什么坏事的军官，要么是某个遭人报复的公职人员或文员。这十五六个男人的脸上都刻着无聊、对自由活动的渴望，以及对禁闭室里沉闷气氛的不满。其中有几个男孩已经被关了好几个星期，还有个挤奶工在这儿好几个月了。

躺在饭馆老板的儿子（他去过美国）旁边的是裱糊匠，泥瓦匠兼小工旁边是店伙计，瑞士挤奶工旁边是犹太富商，锁匠旁边是面包师。这十五个人各不相同，但所有人咒骂和娱乐的方式又都是一样的。之所以生活富足的人和受过教育的人也会在这里，是因为法律上没有用罚款替代禁闭的规定，于是这里就实现了人们在没有约束的自由生活中一直追求的人人平等。

突然，大家开始做一个游戏，约瑟夫觉得这似乎是每天的固定节目。这个游戏叫"拍火腿"，就是用摊平的巴掌，狠狠打某个被选中的倒霉鬼的屁股，后者则要伸出屁股接受这些无情的巴掌。挨打人的眼睛由一个不参与游戏的人捂着，这样他就看不到是谁打的自己。假如他能猜出打自己的人是谁，那么被猜中的那人不管愿不愿意，都得换上去顶替那个让人不舒服的位置，直到他被来得时急时缓的幸运眷顾，也能够猜中为止。

这个游戏大家热火朝天地玩了一个多小时，直到手打累了。过了一会儿，饭来了，天哪，这就是禁闭室的饭，没有豆子、胡萝卜或菜花，连一小块猪排都没有，只有汤和一块无趣又干巴的面包，外加一点水。那汤也跟水差不多，勺子还以一种非常让人讨厌的方式被链子拴在汤碗上，仿佛会有人偷那块铁皮似的。这根本是无谓的担心，不过，这样的拴法倒是很方便，很有军队特色，很侮辱人，蹲禁闭的人理所当然不是来享受他人的奉承、亲切与讨好的。"以不敬惩罚不敬"：那餐具上仿佛清楚而冰冷地写着这样的话。

无聊、枯燥的两天！

瑞士挤奶工是所有人中最有趣的一个，这个长相很不错的小伙子是被"他们"捆着送来的，因为他放肆地打了一个想要拘捕他的下级警官的脑袋，打得警官从鼻子和嘴巴喷出了血。因为这样的行为，挤奶工自然是要在原本的惩罚之上再加一个月甚至更长时间，但他显然并不害怕这个，这个对所谓尊严完全无所谓的人根本没有任何忧虑，而且正相反，他将被迫麻木地躺在那里变成了滑稽有趣、持续数月之久的一个玩笑，非常会自娱自乐，也很会娱乐他人，这间地下室里的笑声从未完全消失或停止。挤奶工说起国家或军队里的人物时，从来都有种孩子般强烈的优越感与雄心勃勃。他的嘴里从未说过任何恶毒的话或被压抑的气话。他讲了成百上千个自己编造的或真实经历过的故事，所有故事的内容都或多或少是在愚弄或戏耍某个有地位的人。这个有趣的、堕落的人就像耍弄可笑、僵硬的木偶一样耍弄这些人。像他这样一个强壮又机灵的人，他所讲的那些故事，有一半尽可以让人相信是真实的，同时又不妨碍理智的健全，因为他似乎真的就是这样一种人，是这片国土上那些骄傲且无拘无束的祖先的直系后代，身上存留着经历一代代后，早已逐渐消失的游戏和争斗的力量，并且天生有一股几乎一定会被社会法则和禁令广泛蔑视的勇气。奇怪的是，他长满鬈发的脑袋上竟然还戴着一顶军帽，天晓得是他在哪一次服役时留下来的，这帽子更增加了他用各种方式给上级造成的不愉快。除了各种流浪汉式的习惯之外，他对简单、柔软的情感似乎也并不排斥，时不时能听到他唱歌或是唱约德尔调[1]。他唱得很好听，很有韵律感。他还不无怀念地讲起了自己的许多次远足，从一个地方到另

1　阿尔卑斯山区一种交替使用实声和假声的唱法。

一个地方，横穿辽阔的德国。至于他跟绅士和庄园主之间的故事，或许有一部分是骗人的，来自天马行空的想象，但听上去非常滑稽、愉快，甚至很是浪漫。这个小伙子的嘴唇饱满，非常漂亮，脸部的线条和谐、自由、安静，看着他让人不禁会想，在发生战争或者国家有大事的时候，他本可以为国做出不同寻常的贡献。他身上的一切都让人仿佛看到某种已经消失的生活形式和世界的形式。约瑟夫在这个"地窟"里的那段时间，假如挤奶工突然在半夜里唱起歌，总会让人以为触到了来自那个古老、强大时代的声音和魔力。伴着他的歌声，夜晚的美妙景色带着忧伤升起，让人为这个歌者感到伤心，还有这个不得不对挤奶工这样有天赋的人如此斤斤计较和误解的时代，而现实就是如此。

关禁闭的这两天本是助理思考各种事情的一个极佳机会，例如思考他到目前为止的生活，或是托布勒的艰难处境，或是未来，或是"债权法"。但他并没有这样做，他浪费了这个宝贵的机会，醉心于听瑞士人开玩笑、唱歌、讲粗俗的笑话，他觉得这些比新世界和旧世界中所有需要思考的事情都有趣。此外，"拍火腿"的游戏几乎每两个小时就重复一次，这也将人的注意力从深邃的思考上拉开，或是牢头打开哐当作响的门，走进来喊某个"完事了"的关禁闭的人，这也会把人的思想从那些高尚的事情上拉回到低下平庸的兴趣上来。不过，为什么非得思考呢？

经历和共同经历不就是最需要被保护的思想吗？就算关禁闭的这四十八个小时促成了四十八个想法，想要让生活最终保持在好的、光滑的轨道上，难道不是一个泛泛的想法就足够了吗？那迷人的、令人肃然起敬的、费力集在一起的四十八个想法对这样一个年轻人有什么用，如果我们已经能够预见他明天就会忘掉这些想法？一个能够指引方向的想法恐怕要好得多，但这个想法是没法想的，它融在所有的感觉之中。

有一次，约瑟夫听挤奶工说，自己对亲爱的祖国完全不感兴趣。

这话说得那么理所当然和没有道理。没错，

祖国，或者代表它的那个法律概念，正在刁难这个挤奶工，拘束他，束缚他，判他接受枯燥的、令人腰酸背痛的监禁，让他感到空虚和不愉快，给他的身体健康造成损耗与伤害。挤奶工所说的正是成千上万人所想的。成千上万的人并不像军事命令盲目而冷漠地预设的那样，被生活平等对待，推着往前走。兵役并不会让每个人都觉得舒心，有些人很会通过服兵役，从生活甚或世间杂事中捞取好处，用国家的钱供养自己的生活和饭食，而有些人的生活轨迹则会被兵役撕开一道让人不舒服的口子，费力攒下的几个钱全都用在了苛刻的兵役中，服完役的时候分文不剩，有些人因而面临无比痛苦和艰难的窘境。不是每个人都能去向父母寻求帮助，也不是每个人都能马上被商人的办事处或者工厂、作坊录用，这些人经常得等很久，才能重新进入那个工作的、学习的、有追求的、有目标的圈子。在这种情况下，还能指望这个人热爱祖国吗？想什么呢！

"尽管如此！"助理从行军床上跳起来，带着这个"尽管如此"给人的温暖的感觉，加入了"拍火腿"的行列。他很幸运，从来不用"挨"很久，总是能马上就猜出那只打他的手。锁匠是因为打得很用力，裱糊匠是因为打得很笨拙，犹太人总打不准，"美国人"参加游戏时扭捏拘谨，拍的时候也是如此，挤奶工则是有意识放轻并收敛了拍打的力量。挤奶工从一开始就对约瑟夫很有好感，每次讲故事的时候，他都会冲着约瑟夫，因为他看出这是一个用心的听众。

"囚犯们"被禁止吸烟，不过会有学校的孩子跑到铁窗这儿来，跟他们搞些最精巧细致的烟草走私活动。一个囚徒踩着另外一个的肩膀，用固定在一根神秘木棍上的钉子，灵巧地把装着烟草和雪茄的盒子插起，然后将铜板或者生丁从窗户丢给那些小售货员、小走私犯，这样一来，"洞窟"里就总是烟雾腾腾的。牢头似乎脾气不错，对此并不说什么。

对约瑟夫而言，在禁闭室的两个夜晚是寒冷刺骨的不眠之夜。第二天夜里他稍微睡了一会儿，但睡得并不踏实，做了很多混乱的梦。

挤奶工的"祖国"和它所有的地区、州一起，在他激动凝视的眼前广阔地铺展开来，如鬼魅般闪闪发光的阿尔卑斯山从一层雾气中显露出来，山脚下是美妙至极的绿色草场，四周回响着牛铃的声音。一条蓝色的河在田野、村庄、城市和骑士城堡之间描摹出闪亮宁静的带子，带来温柔的感动。这片土地就像是一幅画，不过这幅画是有生命的，在画中，人、事与情感四处游走，仿佛一大张地毯上美丽而郑重的图案。商业和工业看上去都很繁荣，严肃、美丽的艺术在泉水潺潺的角落里做着梦。诗歌艺术坐在寂寞的书桌旁思索，绘画在画架旁欢快地工作，许多工厂里的工人从干活的车间里回到家中，安静、美好、疲惫。他看见暮色中的道路，那是回家的路。悠远、响亮、让人动容的钟声响起，这高亢的钟声似乎将一切都笼罩、振荡、拥抱。随后是羊群挂在脖子上的铃铛轻细、清亮的响声，让人仿佛站在高山草场，被四周的群山包围。从远处山下的平地上传来火车的汽笛声，还有做工的声音。然而突然间，这些画面便四分五裂，仿佛被吹开了一般，一座兵营正面朝前，清晰而骄傲地拔地而起，兵营前站着一队士兵，目视前方，一动不动地保持着立正的姿势。一个上校或上尉骑在马上，正指挥士兵排成方阵，士兵们在军官的带领下按命令完成动作。奇妙的是，这个上校不是别人，正是挤奶工，约瑟夫认出了他的嘴，以及他能传出很远的声音。挤奶工正在做一个简短又激情洋溢的讲话，他想让这些年轻的士兵热爱自己的祖国。"尽管那样，依然如此！"约瑟夫心里想着，笑了。他们现在是稍息的姿势，这种时候是可以微笑的。那是一个星期天，一名年轻英俊的少尉走到士兵约瑟夫跟前，和气地说："没刮胡子吧，马蒂，啊？"说完，他沿着队列继续往前走，佩剑叮当作响。约瑟夫有些窘地摸着自己的下巴："我今天连胡子都没刮！"——阳光真灿烂，天真热！突然，这个梦一个回转，梦里出现了一片开阔的田野，上面趴着一排机枪手，相互之间拉开距离排成半圆形。枪声在近旁覆盖着森林的群山间回荡，信号响起。"您死了，马蒂，快倒下！"从马上俯瞰射击场的挤奶工上校喊道。"啊哈，"约瑟夫心想，"他对我不错，让我在这片迷人的草地上休息。"他躺在地上，直到射击结束，其间，他用焦渴的嘴捋着草茎来打发时间。多好的世界，多好的太阳！能够躺在这里是怎样的无忧无虑！不过现在他得跳起来，回到队列里。他做不到，他在地上动弹不得，嘴里的草茎拔不出来，他挣扎着，额头上冒出了汗珠，心中充满恐惧。他醒了，人还睡在行军床上，身边是打着鼾的锁匠。

　　三个小时后，牢头来叫他，他"完事了"。他跟大家告别，与挤奶工使劲握了握手，这个可怜人还得再蹲六个星期。他拿回了自己的证件，可以走到街上去了。他的四肢冰冷僵硬，那个梦还在脑袋里嗡嗡作响。一个小时之后，他又站在现实世界中的托布勒公司里，广告钟和自动狩猎售卖机又是气愤又是可怜地朝他招着手。约瑟夫坐到书桌前开始工作。

"您可是放了个大假啊，"工程师说，"在我的公司里，整整两天也很重要，现在要双倍努力地去工作，希望您能记住我的话，我雇人可不是为了让他隔几个星期就去蹲禁闭的，没有人能要求我现在就把工资全部——"

他本想说"全部付清"，但突然想到了什么，于是掐住了自己的话头。约瑟夫觉得自己一个字都没有必要反驳。

病人专用椅做出来了，一个绝美的小模型放在托布勒的绘图桌上，每隔一小会儿就被换个角度，工程师看上去非常心醉的样子，把小模型转过来转过去，从各个方面欣赏它。助理被要求马上坐下来，给国内外比较大的医疗家具商写推销信。

托布勒动了几个螺丝和拉杆，将那把精致的椅子折叠起来。他吩咐用上好的纸把模型包起来，戴上帽子去村里，打算让那些不相信自己，并且喜欢挖苦的贝伦斯魏尔人看一看，他又完成了一项发明，并且已经付诸实施。

约瑟夫这时正在给当地的仲裁法官写信，告

知对方托布勒因有紧急业务需要处理，无法出席明天早上九点钟开始的与马丁·格吕嫩之间法律纠纷的审理，因此，他用信件的形式向法官提供必要的说明和所需的数字，从中法官可以看出——如此这般。

"我的托布勒先生真是个天使。"助理心中暗笑，有那么一点幸灾乐祸。这封信写完之后，他还要用更加生硬的语气给尊敬的地方法院写一封说明信。约瑟夫再次惊讶于自己写信风格的简明扼要，以及对礼貌用语的使用。他很会在强硬的语气中突然穿插一些这种用语，在这样跨越进客气与谦逊的领地时，他心里想的是"一定不能太过粗鲁"。这封信他也很快就完成了，处理这种事他现在已经"驾轻就熟"。他感到很满意，于是又点上一根我们已经很熟悉的不能缺少的烟。尽管来吧，那些仲裁法院、地方法院，那些又多又险恶的正式催付通知，他和托布勒，他们恰恰因此要继续抽这些散发着香气的粗雪茄、细雪茄，内心平静而悠闲。

村里人先是相互之间窃窃私语，渐渐地，大

家开始在街上大声议论，就像是越来越高的、由各种洞见组成的波浪。大家都认为，如果不借助追讨债务的法律，采取必要手段尽量去捞点什么，就别想从山上的长庚星"救"出什么来了。于是，汇票从四面八方照耀着托布勒先生，向他投下阴影，向他追讨，既有公司的债，也有家里的债，就像是节日时的投标枪游戏，从左边右边，近处远处，一齐朝托布勒家的房子飞来，噼里啪啦地在那里打出窟窿和坏情绪。有个替法院或者债主送信的人，整天不怀好意又漫不经心地围着托布勒家的房子和花园转悠，他像是完全不着急，又像是特别喜欢山上这里，仿佛只是一个安静的园林艺术及自然爱好者。

或者说，这个身形又尖又瘦的人是某个大型建筑公司乃至地质勘探公司派来的，让他用眼睛和脑子丈量这片土地？不太可能！不过这人的确像是这样的。托布勒太太对他既恨又怕，只要看见这个人，就会赶紧从窗户边跑开，他就像是不祥预感与坏心情的化身。妇人想得没错，如果壮起胆子仔细看一下这个男人，他那张仿佛被夹紧、钉死的脸真是让人胆寒，忍不住会有种被冰冷的不祥之手拂过的感觉。

这个人以一种精心设计的特殊方式跟约瑟夫打交道。他会突然出现在办公室外，就好像是阴暗的大地把他吐在那里，吐出他的同时也吹走了光和空气。接着，他会待上一分钟，并不为做什么或准备什么，看上去就是为了他自己高兴。随后，他会推开门，但并不马上走进来，很长时间都不会想到这样做似的。他站在那儿，似乎要看一下自己这种诡异的举止会产生什么效果。他冰冷的眼睛死死盯着感觉很不自在的助理。现在，他走进办公室，然后又是一个暂停，他从来不说"早上好"或"晚上好"之类的话，对他来说一天似乎是不分时段的，甚至上帝创造的空气也不存在。这个男人望着世界的样子，就好像他根本不需要呼吸。他瘦骨嶙峋的脸仿佛被紧压在一起。他从手里的黑皮包中拿出一两张表格，举到一个荒唐的高度，再让它们飘落到助理的桌子上，一言不发。他的手尖锐，棱角分明，像猛禽伸出的利爪。做完这件事之后，他似乎在继续玩味着某种感觉，这感觉告诉他，他的出现令人绝望，让人的心仿佛被紧紧攥住，所以他完全没有要离开的意思，而是花了许多时间看自己的钱包是否能装进外套的口袋里。然后他说了个——差不多意思的——再见，走了。男人说的这个"再见"听上去比什么也不说更令人感觉冰冷，既心不在焉，又刻意地短暂而生硬。男人似乎是打算离开，不，他每次到这个时候做的事情才真的可怕，他用眼睛仔细打量周围，看这栋房子，还有花园。随后，另外一扇门开了，托布勒太太情绪激动地出现在办公室里，瞪大了眼睛，惊恐万分地说："他又进花园了！您看，您看！"——

男人出现的那些日子里，天气多半都介于雪和雨之间，灰暗、寒冷、沉默。房子的墙角是潮湿的，从湖上吹来尖锐的风，预示着又将到来的大雪或暴雨。湖是沉重、无色、哀伤的。傍晚和早晨那些美丽的色彩去哪里了？沉入水底了吗？在那样的日子里，既没有早晨，也没有傍晚，不同的时段总是相同的晦暗，时间似乎厌倦了它的各种名称和那些可爱的、大家熟知的光影变化。假如在这样阴郁、丑陋的大自然中再出现一个夹着黑色皮质公文包的男人，托布勒太太和雇员就会感觉大地的景象突然翻了个面，真实的、司空见惯的一切翻过去，露出阴暗的一面，不再那样自然而然。托布勒家美丽的房子四周似乎来了什么不祥的东西，这栋房子的幸运、温柔，甚或它的合理性，仿佛都坠入一个苍白疲惫、无边无底的梦中。这时，假如托布勒太太看到窗外她的夏湖已经变成了冬湖、雾湖，眼前的一切之上都弥漫着看得见也感受得到的忧愁，她就会情不自禁，用手帕捂住眼睛哭泣起来。

在所有债主和讨债人中，园丁是最肆无忌惮的一个，之前花园一直是由他照料，他为花园提供植物并负责打理。这个人骂起托布勒和他全家人的时候，堪比一整支队伍，他说除非有朝一日愉快地看到"这傲慢的家伙"家产被抵押，人被撵出长庚星，他就一时一刻也不会歇嘴。有人将这些狠话传给了托布勒先生，一半是为了讨好他，也有想偷偷羞辱一下他的意思。托布勒先生听了之后，立刻下令将花园温室里那些属于他自己的植物拿出来，送到做保险代理的那个朋友家的地下室里，庆祝山洞落成的那天这个人也在。约瑟夫被指派去迅速执行这项命令，他没有任何理由迟疑。于是，一辆单匹马拉的车被赶到了花园里，在那里将植物装上车，其中包括一棵已经长得很高的银枞。这辆被装成了花园一般的马车下山，穿过街道，从瞪大了眼睛的人群身边经过，停在交代给车夫的那栋房子和人的前面。保险代理亲手帮忙卸车、搬东西，需要装进地下室的全都装进那里。那棵枞树不得不用绳子固定，这样它苗条、骄傲的枝干在低矮的穹顶下至少还能歪斜地立着。看到这棵树这样待着，助理感到很心疼，可还能怎么办呢？托布勒想要这样，而托布勒的意志是约瑟夫做事不可违抗的唯一准则。

这位保险代理对托布勒很忠诚，他是个简单但思想并不保守的人，不会因为一个人表面看上去有困难，就解除跟这个他曾经很欣赏之人的友谊及信任关系。他现在几乎是唯一每周日还会去别墅跟着一起玩雅斯的人。而且托布勒家里喝的酒还是有的，谢天谢地！几天前刚从美因茨来了一小桶上好的莱茵河葡萄酒，虽然送来得晚了，但也因此更加让人高兴。这是早先境况还比较好的时候订的货。托布勒瞪大了眼睛低头看着这桶酒，他根本不记得自己曾经订过这么贵的葡萄酒。约瑟夫现在又额外多了一项工作：将葡萄酒分装到瓶子里，并用软木塞密封好。这个活他做起来惊人地得心应手。看到他动作如此灵巧，一旁的托布勒太太开玩笑地问他，以前是不是在酒窖干过。这样，这个家里还能有一些比较轻松、忘我的时刻，特别是能够让人忘记诸多艰难的时刻，这对所有人来说都很有必要，是不容小视的幸事。然而有一天，托布勒太太突然生病了。

虽然很不情愿，但她不得不卧床，还被迫请了医生来。是那个施佩克尔医生，他已经四个星期没有跨过这栋境况糟糕的房子的门槛了。虽然很有可能这次出诊，以及他半夜里不得不在一片漆黑中出门的辛劳都收不到报酬，但接到电话后，他还是来了。他一言不发地走到妇人床前，行为和言语都表现得仿佛一直跟这家保持着密切的关系，从来没有停止以朋友的身份登门拜访似的。他关切地询问病痛，以及托布勒太太什么时候开始有的症状，尽量轻松愉快地完成了这个严肃的工作。之后，虽然已经快一点了，托布勒先生依然带他看了那把病人专用椅，按实际大小制作的模型那天刚好也送来了。椅子的发明者说，现在可以直接让自己的太太试用一下这把椅子，他说的时候，想尽量用开玩笑的语气，但不太成功。"要不要喝点葡萄酒，医生先生？"——不了。医生走了。

妇人对每一个走近她床边的人抱怨说，现在除了所有那些烦心事之外，她还得加上卧床。单是家里和生意马上要垮掉还不算，她继续抱怨道，现在连最基本的健康也没有了。偏偏在这个最需要人手帮忙干活，需要人眼帮忙照管的时候，她生病了，而且这又得花钱，钱从哪儿来？她感到很虚弱，多希望自己能够精力充沛，能有力气承受最糟糕的事。朵拉在哪儿？让朵拉上她这儿来。——

约瑟夫不能进病人的房间，但妇人一病就是

很多天，有一次他有些事情必须跟妇人讲，就斗胆走了进去。他这样做的时候怯怯的，是那种平常做事鲁莽之人的怯懦。她朝约瑟夫微笑，并将手递给他。虽然觉得难以开口，但祝愿她早日康复的话他还是说了。她的眼睛真大，还有这手，多么苍白。这是那个狠毒的母亲吗？她问楼下客厅里怎么样，孩子们表现如何，然后虚弱地说，他现在得暂时充当家长的角色，直到她能起来为止。她很渴望那一刻。保利娜还好好做着饭吗？生意怎么样？

他回答妇人的这些问题，这一刻让他感到很幸福。这个女人连卧床都能够让自己保持优雅，生病并没有带走她的美，反倒让她更漂亮了，他之前难道是想来教训这个人一番的吗？多么不公正，不成熟。然而，他又是多么有可能会那样做！因为即便是在这个时候，希尔薇受到的对待也丝毫没有改善。

这几天，只要希尔薇想要发出尖叫，保利娜就会对着她的耳朵小声说："闭嘴！"不能打扰病人。

在下一个适合开口的时机，恰好托布勒先生

来了，他想让妻子试一下那把获得了专利的病人专用椅。妇人对这个发明并不太满意，大胆地批评了这件家具的缺点。特别是，她说，这把椅子太沉，有挤压感，而且太窄了，还得再做宽一点。

从自己的妻子嘴里听到的这些是令人不快的事实，托布勒承认自己没有考虑到这些问题，他马上着手修改，在绘图桌那里迅速设计了几个新的零件，打算把图纸寄给细木工厂。只需要做一点点改动，修改之后，这把椅子就能更好地投入生产，已经有一些销售商写信来说，他们期待看到完整的样品。

广告钟呢，它怎么样了？他们现在跟一家刚成立的新企业建立了联系，已经发去了详细的产品介绍，甚至还附上了企业所有人的简介，因为他们要求这个。有希望！

这时，整栋房子的灯都已经被电厂断了电，理由跟其他供货商一样，他们不再仅凭对方的信誉就将商品或有价物品送进长庚星。听到突然被断电的消息，托布勒气得几乎丧失理智，他因此给电厂的先生们写了一封同失心疯一样，并且粗鲁得毫无必要的信。收到这封信并阅读完之后，电厂的人，尤其是那位经理，爆发出一阵愉快而鄙视的大笑。现在托布勒家只得在房子里又用上了简陋的煤油灯。除托布勒之外的所有人都很快适应了这种光线，夜里回家的时候，托布勒实在是怀念阳台上他的那盏灯，对他而言，那是一个闪烁着美丽光芒的标志物，是他的房子还安全的一个明亮闪耀的证明。失去这明亮灯光的哀痛，跟他胸中另外那个巨大的伤口合而为一，让他的心情更为阴郁，对家里的其他人来说，他会突然爆发的脾气也成了家常便饭。

不过现在最重要的还是先弄到一笔钱，不管要付出什么代价，得把最紧急的那些债务先清理了。于是一天早上，就有了一封要写给托布勒母亲的信，这是个以有钱、固执、坚持自己的想法毫不动摇著称的妇人。信的内容如下：

亲爱的母亲！

从我的律师宾奇先生那里，你应该已经有所耳闻，知道我现在的艰难处境。我如今困在自己家里，就像一只笼中鸟，被毒蛇咄咄逼人、几乎可以置人于死地的目光紧盯着。假如团团围住我的不是债主，而是朋友或资助人，那我已经能够跻身富人或受人爱戴者的行列，不过很遗憾，那些人都铁石心肠，而我则走投无路。亲爱的母亲，你已经不止一次帮助我摆脱困境，我知道这一点，心里也始终对你非常感激。所以我想请求你，非常迫切地请求，就像一个被当众羞辱、利刃架在脖子上的人那样请求，可否再帮我一次，助我摆脱困境，如果可能的话，是否能够将我依据法律可以获得的，如今还能支配的钱尽快汇一部分给我。母亲，请理解我，我不是在威胁，我知道自己现在完全要仰赖你的决定，也知道你只要愿意，就可以推我坠入深渊，但你怎么会有那样的想法呢？现在，我的妻子，你的女儿，她也生病了，正在卧床休养，应该也无法很快重新起来，是的，假如她有朝一日能够离开那张病榻，我真是要感到庆幸。所以你看，雪上加霜！作为一个饱受各种打击的商人，他应该怎么办？到目前为止，我还一直能够勉力维持，但是现在，我真的已经到了能力的边缘，无力继续支撑。你觉得，如果不久后的某个清晨或傍晚，报纸上写着你的儿子选择了自——不，我无法把这句话写完，因为我是在给自己的母亲写信。请尽快把钱汇给我，这也不是威胁，只是一个提醒，不过是非常认真的提醒。我们维持家务的钱也几乎用尽，我跟我的妻子早已接受了一个想法，那就是孩子们或早或晚会没有饭吃。我在这里向你描述的并不是我现在的状态，只是写成那样而已，为的是能够维持语言的体面。我的妻子向你真诚地问好，还有你的儿子

卡尔·托布勒。

又及：直到今天我依然坚定不移地相信，我的事业一定会获得成功。广告钟能够站住脚，请相信这一点。以及：如果我的助理现在拿不到拖欠的薪水，他也将离开。

书者同上

托布勒在写字台前写这封信的时候，雇员也正在自己的写字桌前将信件炮火对准托布勒的一个兄弟，这人在这个国家某个遥远的地方做政府的建筑工程师，社会地位很高。约瑟夫按照刚才从上司那里得到的指示，写信告诉这位兄弟长庚星的处境有多艰难，已经到了最后关头，等等。

"您写完了？让我看看，我签个字。或者，稍等，这封信应该这样，得做得像是为了您的上司自发写的这封信。您换个写法，签您的名字，做成背着我写的样子，听明白了吗？我跟这个哥哥的关系不好，但您对他来说完全是个陌生人。赶紧去做，我得对您写的内容毫不知情。然后我要去趟火车站。"——

托布勒笑着说：

"这是艺术创作，亲爱的马蒂，但是天知道，人得学会自救。您现在就给我那个高贵的哥哥写信，告诉他您被拖欠薪水，然后让咱们看看事情是不是会有转机。我母亲会做的，否则——您别忘了把广告钟的整个故事整整齐齐地誊写一遍。抽根烟吧！至少还有烟。现在，咱们要么下地狱，要么突破困境。"

"这个人是多么醉心于希望和'艺术创作'。"约瑟夫心想。

几天之后，托布勒太太能起床了，这很及时，因为保利娜需要一只指挥她的手，她已经开始懈怠了。主妇松松地披着一件深蓝色的家常衣服走进客厅，默默地回到家务的操劳中。她安静美丽地登场，全身似乎都在静静地微笑。她的声音变得细弱，动作变得短暂而胆怯，眼睛像好奇的孩子似的看向四周。疾病给她的一举一动笼罩上了一层美丽的温柔，她看上去就像从今往后都不会再发脾气，也不会对任何事再表达立场。她对朵拉的态度变得自然，不再那么甜腻，"甜品店"稍稍减了些活跃，她也不再像以前那样，每次一看到希尔薇，脸上就腾起怒火。整体上看，她似乎丢掉了心中某种复杂的纠结，比以往多了些高贵和朴素，看到她就会让人产生这样的感觉，而她自己也认为应该有这样的感觉。她的脸上带着忧愁，不过也有友好、从容和一些几乎称得上庄严的母性。她所有细微的表情似乎都在说："我好些了，谢天谢地！"而这些表达应该都是来自内心深处的，是真实的，因为动作和表情不擅长撒谎。只是嘴还有些激动，似乎早前的坏情绪在那里遗留了一些抽搐，但平静的大眼睛里明亮而清晰地写着："我变得更好、更细腻、更审慎了。看看我，你们看出来了，是吧？"——她的手在干活或者拿餐具、拿书时变得谨慎，那双手仿佛获得了沉思的能力，它们仿佛也生出了嘴，正在说："我们现在想到某些事情的时候变得平静得多，也包容得多。我们变温柔了。"——是的，托布勒太太整体变得温柔了些，但也苍白了些。

她多么喜欢待在客厅里啊，这里的火烧得很暖和。透过窗玻璃向外看，外面的一切都笼罩在一层看不透的浓雾中，什么都看不到是多好的一件事。屋里多么舒适。夏天的画面从她满足的眼前扑棱着翅膀一掠而过，她在脑海中平静地看着说：哎呀！而那画面已经又消失了。然后，她想起了自己的那条新裙子，以及城里的裁缝贝尔塔·然德罗，不禁小声笑起来。她稍稍抹了一下家具上的灰尘，更像是在抚摸它们，仿佛只是要跟那些家具亲昵、发出问候。一切在她眼中都那么可爱、新鲜。不过几天而已！不过几天，短短的一个星期，却让一切都带上了一种陌生的、令人愉快的新鲜感。一切都闪烁出奇特的微光，能把东西变小、变精致的光，她有些头晕，坐了下来。

狗现在绝大多数时间都待在屋里，狗舍里早已太过寒冷，只有夜里它才不得不待在外面。

还有塔楼里的那个房间，因为没法烧火，也

冷得让人难以忍受，所以晚上约瑟夫也总待在客厅里，有时会一直待到深夜。多数情况下都只有他跟妇人，现在已经几乎没有客人登门了。木地板厂的两位女士，那个老妇人和姑娘，因为跟托布勒家有法律纠纷而翻了脸。事情的起因是两家都挨着的一小块地，双方都认为归自己所有。这件事实在小得没法上法庭，却能让人生气，并滋生谩骂和侮辱，到目前为止友好的邻里关系自然也就此告终。以后再也不许那只愚蠢的老母鸡穿过花园的树篱进屋来，托布勒说。友谊就这样简明扼要地被宣布结束。不过，托布勒跟谁不是这样说呢？绝大多数"胆敢把脚踏上托布勒家领地的人都有的好看"！——

于是，这些漫长的夜晚里，他们就自己在家，灯光多半只照着两个脑袋，一个是妇人的，一个是陪伴她的助理的，还有一副牌，或一本摊开放在餐桌上的书。

就这样又过了几天，这些天中的每个小时都被感知到了。这些天，他们数着，算着，因为日子过得快还是慢并不是无所谓的，托布勒家的存在已经是以天计算了。他们已经忘记了如何用月或者年去思考，或是在思想中压缩了月和年，使回忆成为一种短暂的理解。他们就这样活着，等着一天之内的信号，一个响动都可以是重要的，因为有可能是邮差来传递又一个让人忧心的坏消息或催付函。任何声音都可以是重要的，因为那有可能是门铃，没准是某个打着坏主意的人。任何电话都可以是重要的，因为可能会是关键性的——"嗨，托布勒先生和太太，"那个声音可能会大声这样说，"赶紧滚出这个可爱舒适的安乐窝，快点吧，到时间了，你们俩的好日子过得够久了。"——这种可怕的话可能会出现在任何一通打进来的电话里。不过，重要的还可以是某些色彩，是这些日子的模样，是它们的表情和动作，看得出，这已经是最后的日子了，因为从中透露出的是最后的希望和努力，以及应该如何做才能在这个关头还充满希望。它们轻声细语，这些最后的日子，它们对托布勒家完全没有怒气，正相反，它们似乎从很高很远的地方，像云，像守护神，遮蔽着这栋房子，冲它微笑，想要安慰它。这些日子几乎跟托布勒太太有些像，它们似乎也生病了。现在，它们也跟这个妇人一样，看上去苍白柔弱，它们围着她，按一成不变的顺序走过。

托布勒太太倒是慢慢又恢复成之前那个托布勒太太了，她的身体状况越好，就越是像她自己。当然，假如她突然变成了完全另外一个人，那也是很奇怪的。不，人的天性不会那么快从内心里跳出来，发生这种事的可能性已经被杜绝了！她之所以会变得柔和，是因为她还感觉虚弱。

就在这段时间的一个晚上，两个人，妇人与助理，一起伴着灯光坐在客厅里。先生出门去了。他什么时候不是在外面呢？两人旁边的桌上各摆着半杯红葡萄酒。他们在打牌，托布勒太太是赢家，她的表情也因而很愉快。每次打牌赢了，她都会笑，现在也是。她嘴里迸发出幼稚的、幸灾乐祸的笑声，如果换了其他时候，这种笑可能会惹恼她的牌搭子，但落败的约瑟夫只是喝了一口酒。托布勒太太开始洗牌，两个人继续玩。大约一个小时之后，她说自己还想看会儿书，就是助理今天从村里带回来的那本。牌不打了，妇人拿起书看，约瑟夫则百无聊赖地拿起报纸或者书，坐在卧榻上，开始观察读书的妇人。她似乎完全沉浸在书中的故事里，一只手时不时地仔细抚摸过似乎正在沉思的额头，嘴则沉默而不平静地动着，似乎想对书中发生的事说些什么。有一次，她甚至发出了一声很轻但很忧伤的叹息，大声喘口气，胸口起落着。看上去多么宁静又奇怪！约瑟夫越来越入神地看着这个读书的人，感觉自己也在读一本神秘、刺激的大书，是的，他觉得自己就好像在跟托布勒太太同时读那本书，他仔细盯着那个额头，那额头似乎在用一种非常奇特的方式讲述、解释书中的内容。

"她读书的时候真安静啊。"他心想，依然在观察她。突然，她从书上抬起了目光，瞪大了眼睛看着助理这边，她的思想之眼仿佛去了一个非常遥远的世界，眼睛现在正困难地回忆，这是什么，自己看到的是什么。她说：

"我看书的时候，您似乎一直在盯着我看，而我竟然毫无察觉。您觉得这样很有意思吗？不觉得无聊吗？"

"不，完全没有。"他回答说。

"这书真是看得放不下。"她说完，继续看书。

过了一会儿，她似乎累了，或许眼睛有点疼，总之她停了下来，但并没有合上书，似乎在考虑要不要继续。

"托布勒太太！"约瑟夫平静地说。

"什么？"她问。

她合上书，看着助理那边，看样子助理有什么特别的事要说。可接下来是半分钟的沉默。终于，约瑟夫迟疑地说，自己做事很不谨慎。他有些事要告诉她，看到她好像看完书了，而且现在能看到她脸上的表情很松弛，所以他突然想到，可以利用这个机会跟她说件事，只是他又没勇气开口说出想说的话。现在他也承认，正如几个星期前托布勒太太所说的，自己的确是个奇怪的人。他想说的话很愚蠢，根本不值得一听，请她允许自己保持沉默。

妇人皱起眉头，让助理靠近一点说话。她很想知道他要说的是什么。人不会毫无来由地挑起话头，勾起别人的好奇心，然后又闭口不说下去。这种做法是卑劣的、欠缺考虑的。说吧。

约瑟夫听从她的吩咐，回到桌边坐下，说自己想说的跟希尔薇有关。

托布勒太太垂下了眼睛，沉默不语。他继续说道：

"尊敬的太太，请允许我告诉您，这个孩子被教育的方式有多么让我感到厌恶。您不说话，好，那就权当这是您向我表达善意，是让我继续说下去的信号。您对这个小家伙所做的事是非常错误的，这么一个小小的人儿以后会变成什么样？她能记起的，无法忘记的，全都是小时候如何遭受非人的待遇，那她还会有勇气或兴趣向他人展现出众的举止吗？把孩子交给粗鲁愚蠢的女佣，交给保利娜这样一个人，这是什么教育方式？即便是冷漠允许了这样的做法，智慧也应该出来阻止。我之所以这样说，是因为我仔细想过，也因为我曾经在一些日子里看到让我感到很难过的情景，还因为我感到内心中有一股想要为您——托布勒太太，尽力效劳的强烈愿望。我很冒失，对吗？奇怪的人有时会这样。不过，我还是不应该用这种方式跟您说话，这样不合适。我已经说得太多了，今天，我一个字都不会再说。"

房间里沉默了好几分钟。终于，托布勒太太说，她自己有这个想法也已经很久了，因为希尔薇的事而提出谴责是有道理的，而且，现在这一切都让她感到很奇怪。不过，助理不用害怕，她会原谅他刚才说的那番话，她看得出来，他是善意的。

她又沉默了，然后说，她就是没法喜欢这个孩子。

"为什么？"约瑟夫问。

为什么？她觉得这个问题既愚蠢又欠考虑。她就是不喜欢希尔薇，受不了她，难道能强迫一个人去爱、去喜欢吗？那样被逼迫、挤压出来的是一种什么样的感情？哪怕只是远远地看到希尔薇，她都会被铁棒、铁锤从希尔薇身边赶走，这是她的错吗？为什么就觉得朵拉那么可爱呢？她不知道，也根本不想知道是为什么。就算是追问自己，这样一个在她看来既多余又没有希望的问题能找到答案吗？很困难。她当然知道自己做得不对，但是从希尔薇很小的时候，她就开始痛恨这个孩子，真的很奇怪。没错，是痛恨，这个词很准确，非常好地说出了她对这个孩子的感觉。她会在接下来的几天里试着多接受她一点，但她对这种尝试不抱希望。爱是学不来的，要么就爱，能感觉到爱，要么就不爱，也感觉不到爱。她认为，没有爱的意思其实就是：从来不爱。但她愿意尝试，现在，她想去休息了，她真的感觉非常累。

她站起身，朝门那边走去。在门口，她转过身说：

"差点忘记了——晚安，约瑟夫。我真是心不在焉。您上楼回房间的时候请把灯熄了。托布勒肯定一时半会儿回不来。您今天晚上让我的心情有些沉重，但我不生您的气。"

"我真希望自己什么也没说。"约瑟夫说。

"无须多虑。"

说完这话，她上楼去了。

助理站在房间正中，过了一会儿，托布勒进来了。助理说：

"晚上好，托布勒先生。嗯，我想斗胆说件事：半个小时前，我很冒失地又跟您的太太说了些放肆的话。我想提前告诉您，您的太太会觉得有必要对您控诉我的行为。我保证，那只是些愚蠢的话，是最最不重要的鸡毛蒜皮的事。我诚恳地请求您，不要这样瞪大了眼睛，我想，您的眼睛既不是嘴巴，我也不是什么能吃的东西，我这个人没有什么可吃的地方。之所以用这样的语气说话，是因为这话是被怒气指使着说的。您现在就把这个古怪的雇员从家里赶出去是不是更好？整整一年时间里，您的妻子一直随心所欲地虐待希尔薇。您的眼睛长在哪儿？您是父亲吗，还是说只是一个生意人？晚安，晚安。我想，我已经没有必要等着听您如何回答这番奇特的讲话，我可以认为自己被解雇了。"

"您是喝多了吗，啊？"

托布勒的喊叫是白费力气，助理已经上了楼。在塔楼房间的门口，他突然站住："我是疯了吗？"他用最快的速度冲下楼梯，托布勒依然坐在客厅里。约瑟夫像之前托布勒太太那样站在门口，说他很抱歉，自己的行为很过分，很荒唐，他感到后悔，不过他发现自己——还没有被解雇，如果托布勒先生还有工作上的事情要交代的话，约瑟夫愿意效劳。

托布勒扯着脖子喊道：

"我妻子是个蠢娘儿们，您是个疯子。这些见鬼的书！"

他抓起那本从图书馆借来的书，一把扔在地上，在脑子里搜寻可以表达羞辱的词，却没找到，他找到的那些词要么不够，要么太过。"强盗"这个词在他舌尖上打转，但这个词根本起不到羞辱的作用。因为脑子乱，他的怒气也没有了边界。他可以说"狗"，但这个词又会让一切理智蒙羞。他不说话了，因为他发现，自己根本没办法用体面的方式将对手放倒。最后，他笑了起来。不对，他是在怒吼。

"您现在立刻上楼，滚回自己的窝里去。"

约瑟夫觉得，现在离开是最明智的做法。回到楼上，他久久地站在房间里，脑子完全无法思考。意识的面前只有一个想法，像鬼火一样在跳动：他还没有拿到自己的薪水，竟然就干出——这种蠢事。——明天会怎样？他决定匍匐在太太的脚下。真荒唐！无法思考让他很难受，他走到外面的平台上，这天夜里干冷，天空中明暗闪烁，冻满了繁星，群星仿佛正用光将天地间所有的寒冷投射到大地上。黑洞洞的乡间公路上还有一个人在走，那个人的鞋在石头上发出叮叮当当的金属声。外面的一切似乎都是由钢铁或石头组成的，夜的寂静也仿佛在叮当作响。约瑟夫想到了冰鞋，想到了矿石，接着又突然想到了维西希。他现在怎么样了？对这个人，约瑟夫似乎感到一种模糊的友情，他肯定还会在什么时候再见到这个人。但会是在什么地方呢？他回到房间，脱下衣服。

就在这时，传来了希尔薇的一声尖叫。

"小姑娘又让人从床上拉起来了。嗬，真冷。"他心里想着，在床上支起身子，又仔细听了一会儿，没有声音。于是他睡着了。

早晨，他颤抖着、灰溜溜地下楼钻进办公室，心里想着："我会被撵走吗？什么？我要离开这栋房子？"

是的，他能感觉到自己已经有多么喜爱这栋房子。他继续想道：

"我要怎样才能做到在生活中不干蠢事？在这栋房子里我就特别能干蠢事。如果换了地方还会这样吗？想象一下，没有托布勒家的咖啡的生活？还有什么地方能让我吃饱饭，而且还吃得那样舒适，那样丰富？其他地方的饭是那么乏味，与丰盛完全不沾边！我还能躺在哪张无论盖上还是打开都干净整洁的床上？应该就是个舒服的桥洞吧！还谈什么享受！噢上帝，已经到这个地步了吗？如果没有了这片即使在冬天也依然美丽的风景，我要如何继续呼吸？如果不是像现在这样跟可爱可敬的托布勒太太在一起，晚上应该做什么事消遣？跟谁说放肆的话？并不是所有人都能用那么特别、私人又美好的方式接受别人这样说话。真让人伤心。我是多么喜爱这栋房子！还有哪里的灯能发出这样温柔的光，哪里的客厅能如此舒适亲切，像托布勒家的灯和会客厅这样？真让人灰心丧气。如果没有了日常的这些东西，比如广告钟、自动狩猎售卖机、病人专用椅、深钻机，我的脑子该用来做什么？是的，这会让我不开心，我知道，我已经跟这里连在了一起，这里是我的生活。这是多么奇特的依恋！还有托布勒瓮声瓮气的大嗓门，我会多么怀念他的声音。他怎么还没来？我想知道自己会怎样。是的，所有这一切，对吧？还有什么地方能够再有一个夏天，像这样用丰满、青翠的臂膀把我揽在鲜花盛开、香气四溢的怀抱里，就像我在山上这里经历过、享受过的那个夏天？这世界上还有什么地方会有这样一个塔楼阁子间，有这样的保利娜？虽然我经常跟她拌嘴，但她依然是所有美好中的一部分。我的心情真是沉重。在这里，我可以'没有脑子'，至少在某个限度之内是可以的。我想知道，文明社会里还有哪个地方能够允许这个？还有我经常浇水的那座花园，还有那个山洞，哪儿能给我这些？除了在这里，像我这样的人在任何其他地方都享受不到这样赏心悦目、迷人的园林。我没希望了吗？我的心情非常糟糕，我觉得现在得抽根烟。这也是我会怀念的。就这样吧！"——

等想到夏天的旗子时，他觉得自己必须咧开嘴笑笑，省得像个软蛋一样突然哭起来。之后，托布勒先生走进了办公室，跟平常一样，很正常地说了早上好。没有提扔出房子的事。

完全没有！

约瑟夫摆出最谦卑、殷勤的表情，为还没有"到那一步"而感到难以描述的高兴。他几乎是充满激情地投入公司今天要完成的任务中，并且在椅子上不断回身去看托布勒在写字台那儿做什么。托布勒跟平常一样。

他昨天是突然发的什么疯？上司用和气得让人难以置信的语气问。

"是的，非常愚蠢。"助理谦逊而又羞愧地微笑着说。

他不用担心，会付给他薪水的，托布勒闷声说道。

"哦，我根本不想要薪水，我不配。"

"蠢话，"托布勒说，"除了您犯过的那些没脑子的错误之外，我对您是满意的。如果我能得到那座正在申请参股的工厂，那咱们还能在一起，到那时会需要一个人来做会计。"

后来，上司走了。

这天，朵拉病了，病得不重，只是点小感冒，但也足够让人将她照顾得仿佛已经临终一样。朵拉躺在会客厅的沙发上，约瑟夫顺口说起自己要去邮局，当时已经傍晚了，结果他就得答应朵拉从高级食品店里给她带几个橙子回来。约瑟夫照办了。

晚餐时，托布勒太太冲着卧榻的方向，不断

跟那个小小的、迷人的、身体抱恙的人说话。希尔薇瞪大了眼睛，嘴巴也大大地张着，她似乎在想，人怎么能够做到如此迷人地生病。希尔薇怎么从来不生病？这件事不适合她吗？大自然没有给她准备这种可爱的状态？难道是她过于渺小，所以连小感冒也不能有吗？她多么希望也能得到一次比平常温柔，哪怕只是比平常温暖、柔和一点点的对待。这个朵拉！不会吧！希尔薇忧郁而惊讶地看着她的妹妹，仿佛怎么也无法理解，那个人怎么能病得如此美丽。

"把勺子从嘴里拿出来，希尔薇。我受不了这个！"托布勒太太说。她的脸似乎在这一刻安上了两种表情，一种是亲切、光滑的，给朵拉，下面还有一种皱着的、严厉的，给希尔薇。妇人同时朝雇员瞥了一眼，像是要从他脸上看出他在想什么，或是想说什么。然而，约瑟夫的脸正冲着朵拉微笑。

这一点也不奇怪：人的眼睛本就喜欢看那些美丽的、外形精致的事物，而不是那个面无表情地把咖啡勺在嘴里搅来搅去、让人倒胃口的。

朵拉圆圆的脸颊优雅地陷在雪白的枕头里，那上面散放着刚才带回来的甜橙，橙子在羽绒枕上压出了几个窝。这迷人的、丰满的儿童的嘴；这虽然小，但几乎是有意识做出的美丽、高雅的动作；这恳求的、可爱的、轻巧的声音。这信赖！是的，朵拉，你可以确信一点，你随时能在妈妈的脸上看到朝你照过来的善意的光芒。

可怜的希尔薇。这个女孩会想到请别人给她从高级食品店里带橙子回来吗？绝对不会。因为她十分清楚，每个人都会想要拒绝她的请求。她的请求根本不是请求，而是积攒起的妒忌心。只有在朵拉早就得到了想要的东西之后，希尔薇才会提出请求，她从来不会带头要求什么。希尔薇的所有愿望都是复制的，她的想法也不是想法，只是对朵拉的模仿。只有在真正的儿童心里才会产生新鲜的想法，挨打、被蔑视的绝对不会有。真正的请求就像真正的艺术品那样，总是处在首位的，从来不会在第二位。但希尔薇是第二位、第三位的，甚或是第七位的。她所说的一切都是用错误的语气浇铸、烘烤出来的，她所做的一切都不合时宜。希尔薇年龄还这么小，却已经苍老。多么不公平！——

约瑟夫一边想一会儿这件事，一边看着朵拉。只要看着朵拉，他就能清晰地想出她的反面是什么样子，根本不需要将审视与比较的眼神盯向希尔薇。

多么可悲，这样两个有差别的孩子！约瑟夫几乎能听到自己心中的叹息声。等到朵拉要被抱到楼上她自己的床上去时，约瑟夫走到她跟前，被她那种自然、天真的气质迷住，禁不住吻了一下她的小手。用这崇敬的吻，他想同时对两种不同的人表示好感，朵拉这种，以及希尔薇那种。但是，他怎么能够对第二种人真正地表达崇拜呢？没有可能！于是，他试着至少在心里对那个小苦难和被排斥的小家伙说些安慰与尊重的话，他将这些没说出口的话用嘴唇印在了那只代表姐妹情与自然悲悯的手上。

托布勒太太看到了这一切。约瑟夫的举动让她赞赏。“一个古怪的人，这个马蒂！”她心想，

"昨天为了希尔薇向我发难，今天又让我看到他自己也几乎爱上了朵拉。"——她慈爱地微笑着，对朵拉说，将来如果还想要得到这样的吻，可要让自己的手保持干净，说完笑了起来。

托布勒太太皱着脸对希尔薇说了声晚安，让她好好表现，别又干什么该挨教训的事，那样的话，别人也会好好对她了。总是不得不那样对她，惩罚她，这真让人伤心，自己期待能看到彻底的改善，毕竟希尔薇也大了。赶紧，该离开了。

一开始，这番短短的训话语气还是尽量保持亲切的，但仿佛温柔不适合它，它也做不到似的，很快就变为严厉，节节直下，直到最后停在那句专横的"赶紧"上。

等到四个孩子都离开后，他们开始玩雅斯。这牌助理现在已经玩得好多了，他证明了这一点，几乎一直在赢，这让他在选择要说的话时格外谨慎，因为他很清楚，妇人在输了牌之后有多么易怒。他们玩了一个小时，不时抿上一口红葡萄酒，像前一天晚上那样。突然，托布勒太太中断了游戏，说：

"马蒂，我丈夫让我去婆婆那里，这事您知道了吧？是这样的，我明天一早会坐火车去看望她。我们现在得拿到那笔钱，否则就完了，而她不肯给钱。她很吝啬，至少对自己的钱是看得很紧的。您能想象得到，这趟出行让我感到有多别扭，但又不得不做。我已经很久没见过那个女人了，对她没什么了解，现在却要去求她，唉，马蒂！她会对我很冷淡，会居高临下，我很清楚。对她来说，要想羞辱我、伤害我易如反掌，毕竟人在对待乞丐时，可不会小心翼翼。而且，她本来也跟我有点'不对付'，我一直有这样的感觉。就好像我自始至终给她的儿子，我的丈夫，带来的只有不幸似的。现在，她自然会反感我：就像反感一个罪人。她会挑剔我身上穿的衣服，没必要穿得这么高贵，衣服样式剪裁得这么好，真是过分多余。我肯定不能穿着新裙子去，也没有必要。去求人的人就应该穿一身黑，我会穿那条旧的黑绸缎裙，那裙子能让人显得卑微。是的，是的，约瑟夫，您看，其他人也得强迫自己，得忍受，得委曲求全。世事如此，人根本不知道这些都是从何而来，以及如何、为何来得这么快。这个世界啊！"——

"希望您能成功。"助理说。她继续说道：

"托布勒让我去就是为了这个，他觉得在这么艰难、麻烦的时候，我去会比他去让他的母亲感觉舒服一些，否则我也看不出有什么理由他不自己去。有可能他也是想偷个懒。男人们喜欢干那种不需要感情的、干巴巴的事，如果是要放弃自己喜欢的东西，那种需要付出真挚情感的任务和工作，遭遇纯粹心灵上的挑战，那他们宁可把自己的女人推上前线，而且通常会说：'你去！你能干得比我好！'女人差不多还得强迫自己把这当成一种恩赐和好感的表示。"

两人笑起来。托布勒太太接着说：

"是的，您在笑！我不禁止您笑，笑吧。我自己也笑了，虽然咱们俩都应该是很严肃的。是的，希望我能成功吧。我在说什么啊！我早就放弃希望，不认为托布勒的生意还能成功。现在就是这样：我内心中对丈夫生意才能的信任已经彻底动摇，我现在相信他不够狡猾，心肠也不够硬，所以赚不到钱。我认为他在这整段时间里，只不过学会了那些狡猾奸诈之人说话的语气和外在的行为举止，并没有学到他们的能力。当然，能把生意做好的人也不必非得是吸血鬼或坏人，完全不是这个意思。但我丈夫过于情绪化，太心急，太善良，也太天真，他还非常轻信。听我这样说，您感到很意外，是不是？但您要相信我，作为始终被禁锢在房子狭窄、有限空间里的女人，我们也会思考一些事情，我们也能看到、感觉到一些东西。我们天生有些猜测的本事，精确的科学是我们的宿敌。我们善于察言观色，不过奇怪的是，我们从来不说什么，总是沉默，因为我们说的话通常都是不好的、不合适的。多数情况下，我们的话只会激起那些为生意奔波的男人的怒气，并不能说服他们。所以我们女人就这样生活着，对我们周围发生的，以及发生在我们自己身上的一切都表示赞同，说些无关紧要的事，越来越感觉自己的精神是渺小的、低下的，并且总是感到很满意，至少我是这样认为的。不，我丈夫的那些专利没什么希望，我的小手指、脚上的鞋、我自己的鼻子都这样对我说。他太喜欢奢华的生活，而生意人在一段时间之内是不能这样做的。他毫无顾忌，这是有害的。他过于沉醉在自己的计划里，这会埋葬他的那些计划。他是个性格太开朗的人，接受任何事情都太直接、太突然，所以想的也就太过简单。他天性率真，这样的天性是做不了生意的，或者说几乎做不了。奇怪吧，马蒂，我今天这样说话。"

他没吭声，只是模糊地微笑了一下。她已经又在继续说了：

"那些人一方面害怕我的卡尔，一方面又欺骗他，在他的背后嘲笑他。奇怪的是，正是这些人给他带来了各种各样的损害，之所以会这样，我想是因为他太公开、太不加掩饰地显露自己的富裕和财产，让他们看得很不舒服。他总是幼稚地以为，其他人会享受他对生活的享受，会因为他的乐趣而感到乐趣，显然，这跟大家的真实想法完全背道而驰。他花钱总是大手大脚，这个缺点在我看来是可以原谅的，但那些享受了他的挥霍的人，或者说，那些从中捞到好处的人，在他们看来是不可原谅的。他有种自己特有的粗鲁和大声嚷嚷的方式。现在境况不好了，大家就说这是炫耀，假如他成功了，这些人会对同样的习惯说：有魄力！没错。是的，假如我丈夫不是自己干，没有独立开公司，而是静静地留在他那个技术员的职位上，他会做得好得多。我们当时过得很好。当然，我们那时没有自己的房子，可是，如果钻进这样一栋房子的只有忧虑，谁又需要这样的房子呢？下班后，我们绕着小山静静地、舒舒服服地散步，那生活太美好，所以不可能任性地抛弃掉，但有一天，这生活还是被抛弃了。"

"会好起来的，托布勒太太。"约瑟夫说。这些话就像带着火焰打在她的脸上。她喊道：

"您不该这样说，这很可恶。作为一个每天都能看到账本的人，不应该这样跟商人的太太说话，不应该期望用这种方式来安慰，让一个弱女子的心更加沉重。怎么还能好起来？您把这可诅咒的话留着去讲给那些来向我丈夫逼债的人听吧。您又让我觉得伤心了，我要走了，我要忘掉这些。"

她跑出了房间。

助理心想："这又是怎么了？难道以后每天晚上都要这样情绪激动吗？有时候是我沮丧，有时候是她，有时候两个人都是，有时候又是托布勒情绪失控。有时是希尔薇在哭喊，有时是莱奥在叫，有时又是朵拉生病，就差我们所有人在某一天的中午或晚上一起崩溃了。那就是跟托布勒家美丽的房子道晚安的时候！不过还没到那个程度，现在还是先等一下那位母亲的钱，然后还掉一部分债。我这一生中还从来没有像如今这样，在这里被不断洗脑。但这也不一定是坏事。话说回来！我是又感到害怕了吗？感到不安？不，谢天谢地，并没有。今天托布勒大概又打算在'帆船'过夜了。现在，陪伴他的妻子似乎也成了我工作的一部分。可怜的女人！怎么就没有个更好的人来陪她？"

他熄了灯，去睡觉了。

第二天又是潮湿盖过寒冷的一天，空气沉甸甸地压下来。大家看到托布勒太太穿着黑色绸缎裙，穿过花园下山去坐火车。托布勒陪她往山下走了一段，叮嘱她要打起精神，还有不要又让车厢里的风吹感冒了之类的话。从山上往下看，能看到妇人脸上挂着微笑，她挥了挥手帕，是挥给朵拉看的，朵拉也冲母亲挥了挥手。到处都湿漉漉的，冬天本来应该更干燥、更寒冷才对。随后，托布勒太太消失在一直看着她一举一动的那些视线之外，那是约瑟夫、保利娜、希尔薇、朵拉、男孩们，以及莱奥的眼睛。看到女主人离开，狗悲伤地叫着。

如果是一个执着于自己浪漫想象的人，那他会认为，这一幕就像是一位女王的离开。约瑟夫，那名扈从，假如他是一个从古老故事里向我们这些现代人问好的忠诚奴仆，这时候应该悲伤地哭泣，宫中侍女保利娜现在应该发出痛苦的叫声，就像故事里写的那样，假如她是古老时代服侍美丽高贵女王的女佣的话。大狗也许会是一条龙，孩子们是王子和公主，托布勒先生则是孔武有力的骑士，过去在这种告别的忧伤场面中总有这样的人物，那是一个有宫殿、城堡、城墙和忠诚泪水的时代，但不是这样，这里完全不一样。

这不是要将谁永久放逐到荒凉的岩石孤岛上，而是乘火车出门一天，带着实际目的，是不太让人愉快的一次拜访任务。这里也没有女王，除非大家把托布勒太太看作长庚星别墅里满怀忧虑的女王，这倒也不是多么独特、古怪的想法。这里也没有英雄，只有一个穿着现代服装的，身份为托布勒工程师先生的人送了一位女士一程，并且也不是为了安慰她，只是要再跟她一本正经地说几句话。这里既不可能有忧愁的仆从或侍卫，也不可能有不知所措的宫中侍女，站在那儿的不过是约瑟夫和保利娜，除了孩子们就只有这些人了。而且这些孩子既不是王子、公主，也不是豪门的公子、千金，他们只是家境较好的人家出来的普通孩子而已。莱奥不是龙，它甚至有可能会对这种关于中世纪的胡思乱想恨得牙痒痒。总之，这是一幅来自二十世纪的画面。

很快就能知道该做什么样的准备了，回办公室的时候托布勒说。至于他，他会挺过去，也必须挺过去。所有其他想法都是可笑的。他曾经说过的话，如今依然还是那样说，今天更要那样说。

他正在忙深钻机的事。商业部写信给土木工程师约埃尔先生，这位先生看样子对这台机器"极其"感兴趣。孩子们在办公室里玩耍打闹，托布勒把他们撵了出去。后来，他自己也离开办公室去村里了，为了自动狩猎售卖机的事。

不久，助理也离开了，他要去邮局。在路上，两个在地里干活的人在他背后咒骂。这些话本是想骂给约瑟夫的上司听的，假如这些雇农有这个勇气的话。除此之外，约瑟夫去村里的路上没有再碰到其他事。在大路上，他碰到了维西希，他本来以为这个人应该是在"帆船"酒馆。

"您又回来了？"

他们握了握手。维西希看上去很高兴，似乎刚刚碰上了什么好事。他对约瑟夫说自己找到工作了，在售卖殖民地商品的巴赫曼公司。他就按照助理之前给他的建议，揣着写好、装好信封的求职信，一家家公司去问，果真，几乎到处的人对他都是友好的，只是没什么地方有工作给他，直到他走进巴赫曼先生的公司，他的事情很幸运地在那儿有了结果。在经历了那么长时间之后，他现在终于觉得可以认为自己是一个体面人了。至少他可以说："你好，朋友，瞧，我过得很好。"现在一起就近找个地方喝一杯庆祝一下，是不是很好？

"那当然，我很乐意。但是我问您，维西希，您觉得自己喝得了吗？"约瑟夫说。

另外那个保证说："当然！"——于是他们来到离得最近的中央餐馆，每人点了一杯半升装的啤酒。

"如果你不能喝，我宁可不喝，不然对你的新的职位可不好。"约瑟夫觉得有必要补充一句。

维西希开心地摆摆手。他压根就不会再像之前那样酗酒，他认为自己现在已经彻底戒了，他已经很久没有那样堕落了。托布勒家怎么样？

"不好。"助理说。他简短地讲了一下家里衰落的情况，但维西希得保证不说出去，因为这是商业秘密，而且跟别人也没什么关系。

维西希说：

"这个自大鬼托布勒还是让我说中了，我说他早晚会从那座奢华的房子和花园里被扔出去。他是在那个晚上听到我说的这话，如今让我说中了。他对别人做过的事，现在也发生在他自己身上，这是他应得的。咱们就不是人吗？咱们这些雇员来到人世，难道就不能引起别人的一丝丝情感？我们有一天晚上直接被人从房子里扔出去，丢了生计，而他竟然还认为自己的做法是正确、适度的。抱歉，马蒂，您是我的继任者，是因为我垮台才能够享受您所谓的那个舒适的生活环境。当然，把我从职位上挤走，这并不是您的错。我在说什么啊！是因为您我才找到了新工作，请原谅，我只是想说，看到自己在那么长时间里窘迫、卑微至极，人会因为怒气而失去理智。为了什么？为了一个错误？真见鬼，为了这个我得再喝一杯。嗨，老板，或者还是您吧，老板娘，给我再来这样一杯。马蒂，您应该也想再喝一杯吧。"

"我想请您不要再攻击我的上司，"约瑟夫说，"如果可以的话，也请不要这么大声。我现在的老板不是自大鬼，我愿意认为您这是欠缺考虑的气话，希望您收回，马上，否则咱们也该分道扬镳了。我把托布勒现在的境况和盘告诉您，可不是为了听您侮辱他。还有：干杯！看到您过得好，我很高兴。"

"我说了，是气话！"维西希道歉说。

那么争执就解决了，约瑟夫说。两人接着又喝了一杯，在这"一巡"后，他们又来了个第四轮。假如不是酒馆的大门在这个时候打开，走进来托布勒先生本人的话，他们还会继续。托布勒先生用喷火的眼神扫了两个正在狂饮的雇员一眼，那眼神的意思对两个人来说足够清楚。

约瑟夫之前随意地把帽子扣在头上，看到主人走进来，他马上摘帽致意，这是礼仪的要求，更是托布勒眼神的要求。他迅速站起来，大声喊着结账，并开始朝门口走去，因为跟维西希也没什么要聊的了。但工程师招呼他到自己跟前，并且问道：

"那个浑蛋在这儿做什么，那个维西希？"

约瑟夫回答说："哦，他找到工作了，就在旁边的巴赫曼公司，今天开始上班的，他因为这个很高兴。"

"是吗？而且他还是那么爱喝酒，对吗？这个新工作他肯定能干很久，就凭他！很好。您去过邮局了吗？"

"还没有，我现在去。您会原谅我的，这是被我的上一任耽搁了。我马上就去，您愿意的话，我可以把信拿到这里来——"

托布勒说不用，助理离开了。

这时，维西希也站了起来。他付了钱，有些犹疑地往前走，不知道该不该跟之前的上司打招呼，不过后来他还是那样做了。他谦卑地深深鞠躬致意，还很多余地撞到了桌子，差一点摔倒。对他这个表达敬意的问候，对方没有一丝表示，托布勒"不想再跟这个男人有任何瓜葛"。在门口，维西希跟跄了一下。这不是个好征兆？

托布勒太太坐夜里的快车回来了。托布勒先生、保利娜和约瑟夫在车站等她。火车呼哧呼哧、哐当哐当地进了站。所有人都涌向这个长长的、壮观地停在那里的黑色庞然大物。妇人下了车，约瑟夫和保利娜快步迎上去接过篮子和包裹。托布勒老夫人会让儿媳带回来各种东西，他们大概估摸到了，所以才来了三个人接站。两个篮子里装的有苹果，也有坚果，包裹里是给儿媳和孩子们的东西。

从下车人的脸上能看出，这件事完成得既不算特别好，也不算特别坏。那张脸上带着疲惫和放松，似乎有半张脸上还露出些许笑意。她丈夫在急迫地问她，而她似乎从整体上来说给了丈夫一个充足、满意的回答，因为托布勒看上去似乎很有心情去"帆船"待一小会儿。他妻子说，看出他想去哪儿了，这话也就相当于许可了。他还朝离开的几个人喊道，自己一个小时之后就回长庚星，随后就去了他常去的酒馆。

其余人回家。篮子很沉，但对助理来说是件很愉快的差事，至少这又能让他干点"体力活"。

他脚步轻盈地跟在女佣和妇人身后，脑子里什么也没想。没错，是因为这两个篮子。"我天生就是个跑腿的人。"他心想。

回到家后，一群问题围上来，那是孩子们的好奇心。篮子和包裹被团团围住，三个孩子都想知道祖母带了什么话没有，只有第四个孩子没有问。希尔薇睡意蒙眬而冷漠，对礼物也一副无所谓的样子。"这些跟我没关系。"她的表情说。这样一来，事情跟其他三个孩子就更有关系。然而没过多久，他们所有人就连同请求、问题和好奇一起被打发去睡觉了。

"我很累。"托布勒太太说。

保利娜跪在她面前的地板上，帮她脱掉鞋子。她坐在沙发上。站在一旁的约瑟夫心想："不得不承认，假如她对我说，'给我脱掉鞋子'，我也并不会觉得不愉快！我想，我会很乐意弯下腰。"——

她的一只手套掉在地上，约瑟夫马上跑过去帮她捡起来。她疲惫地笑着表示感谢，并且说：

"您真是殷勤啊！您并不总是这样的。我丈夫快要回来了吧？您怎么样，约瑟夫？"

"非常非常好。"他回答说。保利娜已经离开了房间。

他就是因为年轻，所以能这样说，恐怕也只能这样说，妇人说道。她的心情很沉重。

"您碰到麻烦了吗？"

这也是一个原因！但这点小事并不会太让她心烦。她今天脑子里有很多事。约瑟夫想不想玩雅斯？想？太好了。她现在突然特别想打牌，她觉得这能管点用。

他们坐到桌边开始打牌，保利娜给托布勒太太端来一些吃的，然后又走了。"也许这个妇人的心情既轻松，又沉重，这是有可能的。而且我是个蠢货！"助理心想。

"她不想给我，这个老太太。"正打着牌的托布勒太太说。

"谁？哦！托布勒老夫人！这能想到，但她会给的！"

"没错！"她说。两个人笑起来。"又是这么不严肃。"托布勒技术产品办公室的会计兼文书心想。这个公司啊！但不管怎样，他是个稳重的人。他们又坐在了一起，一个"不可理喻的女人"和一个"怪人"。约瑟夫大声笑起来。他怎么了？——

"哦，没事，胡思乱想而已。"

她严肃起来，说他不会是如此胆大，敢当着自己的面开玩笑吧。他听到这话，回答说自己可是托布勒公司的雇员。她接着说，希望他真的确定自己是。他把手中的牌扔到桌上，气得浑身发抖，并且说，一个认真可靠的雇员并没有每天打牌到深夜的习惯。他站起来朝门边走去，心里巴望着她能叫住自己，但她让他走了。

他没有回楼上的房间，而是去了楼下的办公室，点上那里的灯，坐到自己的桌边，给职业介绍所的经理写了下面这封信：

尊敬的先生！

诚请您将我登记为合适的空余职位申请者，我认为自己没有理由在这里坐等失业。

经理先生，山上这里的境况越来越严峻。我要说的是：我决心已定！向您致以崇高的问候。

您忠诚的约瑟夫·马蒂

他还没来得及把信装进信封，写上地址，就听见花园里传来脚步声。半分钟后，托布勒先生和另外两个人走进办公室，那两人显然也是"帆船"的常客，他们大声说着笑着，看样子都喝飘了。

约瑟夫这么晚还在办公室里干活吗？托布勒用颤颤悠悠的声音问。看样子，他至少还有一个真正勤快、有奉献精神的雇员，他笑着对自己的雅斯牌搭子说。不过现在可以下班了，因为明天早上天依然会亮。说着他走到门边，那扇门通向房子里。他扯着脖子喊道：保利娜！

"托布勒先生？"从楼上传来回应的声音。

"给办公室送几瓶那个莱茵河葡萄酒来，动作要快！"

约瑟夫都不用跟这几位先生怎么告别，只简单说了声晚安就走了，那几个人的注意力早不在他身上了，因为他们现在有其他事要做。他们半躺在地上，半挂在绘图桌上，也没有仔细检查自己压在身子下面的是什么。椅子被他们当成了搭脚的凳子，托布勒的设计草图跟这些睡意蒙眬的兴奋脑袋亲密地贴在一起。托布勒打着趔趄装烟斗，等酒终于送来了，他费力而笨拙地往酒杯里倒酒，然后喝起来，其间夹杂着呼噜声，还有响亮的哈欠声。工程师仅剩的一点清醒被认为可以用来向那两位先生和伙伴解释几项发明，但他收到的只是哈哈大笑，完全没有被理解。男人世界观的一本正经装在一只掉落、摔碎、洒洒一地的酒杯里。男人的（或说人的）理智怪声大气地唱歌，乱叫，大着舌头说话，屋子的墙都仿佛被震得瑟瑟发抖。托布勒除了刚才做的一些事之外，现在还突然有了一个不太谨慎的想法，他大声叫妻子下楼到办公室来，按他说的，要给她介绍村里的新朋友。她来了，但只是小心翼翼地打开门，把头伸进办公室看了一眼，然后就走了。她第二天告诉丈夫，自己是被眼前那令人恶心、污秽的场面吓跑的。就算是那位擅长描绘酒后狂欢场面的荷兰画家，也不可能像活生生的现实生活这样，将醉酒表现得如此淋漓尽致和骇人。妇人走后，狂饮并没有结束，而是继续熊熊地燃烧、沸腾，直到第二天清晨，直到最强壮的饮者也被彻彻底底的疲惫从脑袋后面按倒、压弯，四仰八叉地躺在桌子和椅子下面。就这样，这群恣意放纵的人打着丑陋的呼噜，在技术公司的办公室里过了一夜，直到保利娜来给炉子生火。彼时天已大亮，男人们醒了，两个贝伦斯魏尔人慢吞吞地回到他们的村子和逼仄的家里，托布勒先生上楼去他和妻子的房间，睡掉烂醉与昨夜的狂欢。

要想把被蹂躏得完全走了样的办公室大致恢复原状，保利娜可是有活要干了。约瑟夫八点钟到楼下的时候，办公室看上去还是一团糟，于是他决定先去邮局。所有的东西都横七竖八躺着，椅子、图纸、写字和绘图的工具、杯子、瓶塞。墨汁洒了，有红有黑，葡萄酒流了一地，一个酒瓶齐脖子断掉。看上去就好像进屋里来的不是贝伦斯魏尔人，而是狗熊。屋里臭气熏天，感觉要让这间屋子重新恢复清洁、舒适到可以使用的程度，至少得连续开窗通风十天。

在邮局，约瑟夫把给经理的信扔进信筒。"以防万一。"他心想。

第二天，父母的财产里有四千马克流进了托布勒家的房子。钱不多，但能有这一点，正好够打发那些最不耐烦、情绪最激烈的讨债人。约瑟夫早已列好了一份债主名单，于是现在就从这片五颜六色的草地上选出香味最浓烈的那些花朵，至少先把它们麻醉一下。这些愤怒、刺目的植物就包括园丁，他曾经说过，除非托布勒家的财产被抵押，并且从这个地方被赶出去，否则他绝不善罢甘休；电厂，那些人讥讽地耸耸肩，关掉了可爱的照明；隔壁村的五金工匠，这只托布勒嘴里"不知感恩的狗"，原本的计划是"把钱直接扔在他脚下"；肉铺老板，但是从现在开始"再也不从这家铺子买一口肉"！装订工人，这头"老骆驼"应该知足了，等等；钟表制造商，不过"也不能太怪罪他们来逼债"；装了铜塔顶之后来要钱的金属制品商，以及另外几个"配得上"这些钱的人。

只需要半天时间，就足够堵上那些叫得最响，要求最无耻之人的嘴巴，但钱也没了。对一栋已经被层层债务淹没的房子来说，四千马克有什么用？这些钱里剩下的一小部分留给家用，还有更小的一部分被用来支付约瑟夫的薪水。

那是雪后一个晴朗的上午，天空湛蓝，刮着风，大地被雪水浸润。助理挨家挨户去送钱，他还去了一趟追索债务的官员那里。越来越轻的外套兜让他体会到钱的消失速度有多快。

临近下午的时候，来了一封宾奇律师的信，信中说，从母亲那里已经不用再期望得到什么了。他尽了最大努力去说服老夫人，但很可惜，他的努力都没有见效，所以，他建议托布勒平静地接受这个无果的努力将会造成的后果。

读信的时候，托布勒的脸扭曲出极度的痛苦，他似乎正在压制一股无名之火。随后，那怒火爆发了出来，他仿佛被千钧重物砸中了一般，倒在椅子上。托布勒喘着粗气，强壮的胸像一张拉过头的弓，马上要爆裂开来。他仰面朝天，那张脸就像是被从上面落下的拳头向下砸去，他的脖子上仿佛压着重物，这东西暴躁沉重、轰隆作响、连挤带压，这是有生命的重物。托布勒的脸憋成了绛红色，周围的空气变得黏稠、坚硬，一个无形而可见的东西正紧挨着他立起来，悠闲但冰冷地拍拍他抽搐的肩膀。铁一般的必要性亲自对着他的耳朵小声说："嗨！要最后一搏！"

托布勒费力地打开他的美式带轮写字台，他像是很疼的样子，呻吟着，弯着脊背，拿出一支钢笔和一张纸，开始给母亲写信。然而写下的那些字都在他眼前飞舞。在他已经混乱的感觉中，那张写字台高高地飞了起来，整个办公室都在旋转，他只能停下，喘着粗气对约瑟夫说：

"给宾奇打电话，让他告诉您什么时候能跟我见面。告诉他，这事很急。"

约瑟夫马上去执行命令。他很紧张，或许说话会有些不清楚，也可能别人会听不懂他说的话，总之，过了很久他才跟宾奇博士连上线。托布勒跟在他后面上了楼，现在就站在助理的身后。这个情绪激动到失常的主人和上级在身边，让助理更加混乱，以至于等到线终于接通，他跟律师说话时开始结结巴巴，讲不清楚自己的意思。

这让托布勒无法忍受，他愤怒地发出一声可怕的大叫，把这个笨拙的说话人猛地推到一边，推得他直接撞在了会客厅的门框上。他自己抓起听筒，好完成这次不顺利的通话，自己把之前的那个要求讲完。

他的怒气消失了，但浑身剧烈地颤抖。他发烧了，不得不去卧榻上躺下，就是不久前刚容留过朵拉的那张卧榻。"爸爸病了？"朵拉问。托布勒太太忧虑地站在躺着呻吟的男人旁边，对女儿说："是的孩子，爸爸病了。约瑟夫惹他生气了。"她边说，边用惊讶而鄙视的眼神扫了助理一眼，这眼神将助理又赶回了楼下的办公室。在自己的写字桌边坐下后，他试着装出什么都没发生过的样子，想做事，但他所做的谈不上是事，只是用颤抖的、心慌意乱的手指到处摸一摸，碰一碰。这是想要保持冷静的努力，是无能为力，是干点别的，是什么都不是，是黑色。他的心跳得快要炸裂开来。

后来，他被叫去喝咖啡。托布勒已经上楼回卧室去了，跟律师的见面只能改期，在那之前，显而易见的是，这广阔的世界里暂时都没有需要这个工程师做的事了。还有什么样的努力是有意义的？什么计划是不可笑的？何况还生病了！想到能去床上，明天之前都可以不受打扰地躺着，这个焦灼的男人感到很舒服。他让人告诉约瑟夫，如果去邮局的话，就给他带几根好雪茄回来。"再给朵拉带几个橙子，约瑟夫。"托布勒太太又加上一句。约瑟夫完成了这些任务。

晚饭后，孩子们上床去了，这时助理对托布勒太太说，他觉得要在这个家里继续待下去很困难，这栋房子的主人之前就经常用言语羞辱他，现在竟然发展到用行为和身体羞辱他。这太过分了，他想，自己最好现在就上楼去找托布勒，告诉这个人，他的行为有多么粗鲁和愚蠢。他已经不能再继续工作了，他心里很清楚。一个让人推搡，被扔得撞在门上的人，恐怕也做不出什么有用的事。这样一个人就是蠢驴或废物，否则也不可能让人这样对待，就像之前发生的那样。他感到窒息。他想说的是，即便他在山上的这段时间没干什么，也不该像现在这样受到身体上的羞辱。而他呢？他难道不是一直在努力？至少他知道，自己有些时候也是带着感情和兴趣，并且全力以赴地投入工作，虽然他使的这个力并不总是符合要求，这点他也知道。但是，难道因此就能那样对待所有勤奋不懈和正直的努力吗？

他哭了。

托布勒太太冷冷地说："我丈夫病了，这个您知道，他不会希望被打扰。不过如果您想这样，如果您突然觉得没办法跟我们一起继续待在山上，那您就上楼去，告诉他您心里想说的话。我想，您会得到符合您和您行为的、简单明了的回复。"

助理先是坐着没动，接着他站起身说："我得赶紧去趟邮局。"

"您不上楼去找我丈夫了？"

不去了，托布勒先生病着，约瑟夫说，不能打扰他休息。而他自己现在还想去稍微散个步。

在外面迎接他的是一个清透冰冷的世界，一个高高隆起的世界。降温了，人脚下踩的是石头和冰块，寒冷刺骨的风从树木间穿过，星星透过枝条闪烁着微光。他满怀心事，像着了魔一样走着。不，他并不想离开，他担心这个时候托布勒太太会去把一切都告诉自己的丈夫。想到这儿，他加快了脚步匆匆向前。再者说，他的薪水还没有全部领到。总之，现在重要的是：留在那栋房子里。"我那样抱怨，真是不厚道。"他站在冬夜里大声喊道。他决定跪在托布勒太太面前，亲吻她的手。

进门的时候，她依然在会客厅里。他刚进门就开始说起来，当然，在此之前他先小心地关上了门：

"我要对您说，托布勒太太，您还在这儿真是太好了，我觉得自己的行为完全是错误的，因为我指责了自己的上司。我太草率，请您原谅我。我的行为太可笑了，托布勒先生因为那封倒霉的律师信是多么生气。您去见过您的丈夫了吗？您已经忍不住告诉他了吗？"

"不，我还什么都没跟他说。"妇人答道。

"我太高兴了！"助理说。他坐下来，继续说道："我跑着回来，特别担心您会不会已经告诉他了。我为自己说过的一切感到抱歉，那是因为情绪过于激动，所以说了一些不该说的话。尊敬的太太，我很高兴您还没有说出去。"

这还像是句正经话，托布勒太太说。

"我本打算跪倒在您的脚下求您。"助理结结巴巴地说。

呸，根本没必要那样做，她说道。

他们沉默了一会儿，雇员觉得待在房间里真美好，这就是家的感觉。以前，他曾多少次走过那些热闹或荒凉的街巷，心中充满了冰冷、难过、让人沮丧的孤独感。他在少年时代就已经那样苍老了。那种无处是家的感觉让他动弹不得，压抑窒息。能够从属于某个人是多么美好的一件事，不管心中是恨还是焦躁，是厌烦还是顺从，是爱还是忧伤。每一次，这些家中因人而产生的魔力从某扇敞开的窗户反射到下面那个孤独、漂泊、无家可归的人，那个站在寒冷大街上的约瑟夫身上，他就会忧伤而又着迷。从那些窗户里飘出复活节、圣诞节或圣灵降临节和新年的味道，那么香，想到这些金色的、古老又美丽的东西，自己能享受到的只是一点点几乎感觉不到的反光，又是多么可怜。公民生活中那些美丽的特权，那些脸庞上的善良，那些心平气和的忙碌、宽容与生命力！他说：

"动不动就觉得自己受到了侮辱，真是愚蠢。"

这话说得没错，妇人说，手里继续平静地给朵拉钩一件贴身的小外套。她补充说：

"作为他的妻子，我不也得不断忍受和包容他吗？他是这里的一家之主，这是个需要承担责任的位置，并且要求住在这里的人和家庭成员忍耐和尊重。当然，他不应该侮辱人，可是他又怎么能一直控制自己的情绪？他难道能对自己的怒气说：保持理智？怒气和激动的情绪本身就是不理智的。我们其他人有一个不能忽视的优势，可以只去听从他费力设计和规划出的安排。我们可以按照他的指示去做事，其中的智慧我们几乎总能看出来。在他情绪不稳定或发怒的时候，我们只要学会稍稍躲开他就可以了。我们应该学会怎么跟他相处，因为一个主人或恩主总是希望被很特别地对待。在他不像平常那样镇定，无法像之前一样控制自己的时候，我们就机灵些，随机应变。如果这时我们表现得笨拙，或者按我们的情况来说，犯了很多错误，那他的声音或他的极度忧虑和痛苦朝着我们咆哮，我们也不用太觉得受到了侮辱。马蒂！相信我，这个据说今天委屈了您，侮辱并且用最让人没有尊严的方式伤害了您的男人，我也经常很生他的气。嗯，那就只能把自己的自尊心放下一点，原谅他，因为——我们就是得原谅自己的主人和上司。假如我们突然间不接受法律造成一丁点痛苦、不幸和伤害，那么事业、家庭、各种各样的生意、房屋，甚或这个世界本身会变成什么样？难道这一整年的顺从、模仿，就是为了能够在某个白天或夜晚跑过来，敲着自己骄傲的胸膛说：不许侮辱我！？不，我们不是在这里接受侮辱的，但也不是要成为激怒别人的理由。如果说糊涂不能为它的愚蠢行为负责，那么也不应该如此着急地让愤怒为大发雷霆承担责任。事情的关键总是在于我们在哪儿，我们是谁。我对您是满意的，约瑟夫。握个手吧。跟您是可以说说话的，现在，该去睡觉了。"

圣诞节快到了，节日的气氛也进到了托布勒家中。节日是让人不能忘记的，是转瞬即逝的，是所有人共有的思想，能够穿透所有的感知，那么它，这个思想，有什么理由从托布勒别墅绕开呢？这怎么可能呢？既然世上已经有了这样一栋房子，而且还是托布勒家这种如此漂亮，如此显眼的房子，那就更没有合理的或自然的原因，让它被这充满尊严与芬芳的世间的任何事物忽略。还有：托布勒家自己希望被忽略吗？

不，他们很期待这个节日。托布勒说，虽然他现在很不好过，但也并不意味着连圣诞节都不过了，让它这样从自己家旁边溜掉，这才会让他更不好。

周边的世界看上去甚至在用自己的方式欢喜地期待这个美好的节日，它安静而惬意地让自己被密密匝匝飘落的雪花盖住，默默伸出又大又宽、古老广阔的手，去接住那些急匆匆飘下的雪。所有人说的差不多都是："看啊！白了，世界变白了。非常好，这个最适合圣诞节。"

没过多久，整个湖与山都被蒙上了一层厚厚的、结实的雪的面纱，热衷想象的头脑里已经响起了疾驰的雪橇的铃铛声，虽然并没有雪橇在四处活动。圣诞的餐桌已经摆好，因为整片土地就像是一张铺上了整洁白色桌布的圣诞餐桌。还有这片景色的安宁、柔和与温暖！所有的声音似乎都压低了一半，五金匠人的锤子、木匠的木梁、工厂转轮上的挖斗、火车头尖锐的汽笛声，这一切似乎都被裹上了棉花或棉手帕。能看到的只有近旁的、十步之内的东西，再远就只有看不透的雪幕和正在勤劳涂抹的灰色和白色。笨重地走过来的人也是白色的，每五个人里总能看到一个正从衣服上往下抖雪的。外面一片祥和，让人不禁以为一切都是美满的、完成的、平静的。

然而托布勒现在要出门去，坐火车穿过雪的魔法世界，进城去找宾奇律师面谈。不过他身边至少还跟着自己的妻子，她要去州首府的商店为临近的节日准备礼物。

晚上，又是火车站接站的一幕，但这次是在雪中，所以要愉快一些。保利娜的笑声和莱奥欢乐的叫声在雪地上印下深色的斑痕，虽然笑声和犬吠声通常都是明亮的颜色，但哪有颜色能比明晃晃的雪白更明亮，更闪耀？他们接过包裹，裹着毛皮大衣的妇人走下车，看上去就像是真实的、富有的、善良的圣诞婆婆，但那只是托布勒太太而已，一个商人的妻子，而且还是个一败涂地的商人的妻子。

不过，她挂着笑容，这样的微笑可以把最贫穷困窘的女人变成半个贵妇，因为微笑总是能让人联想到高贵与富裕。

雪一直留到了正日子那天，干净又结实，因为夜里冷，这白色的被子被冻得梆硬。圣诞节那天，约瑟夫在傍晚时分登上了我们知道的那座山。浅黄色的小路蜿蜒穿过闪烁着白色光芒的草地，成百上千的树枝上是晶莹的树挂：多么可爱的一幕！农舍裹在这精致的、白色的、枝枝杈杈的华丽中，就像满是首饰或装饰物的房子，专为孩子的眼睛和天真的想象而存在。整片地方似乎都在等待一位高贵的公主：它装扮得那样精致整洁，就像一个小姑娘，害羞，有些许病态且无限温柔。约瑟夫往更高的地方爬了一段，这时，覆盖在下面大地上的灰色面纱突然掀起，面纱已经褴褛，被最热烈的天蓝色戳出一个个洞，还有太阳，温暖得仿佛是夏天，让散步的人不禁以为这是个真正的童话。高大的冷杉站在那里，姿势骄傲有力，披挂着的雪在阳光下融化，从粗大的树枝上滴落。

约瑟夫回到家时，天已经晚了。这时角落里一间很少有人去的客房中，圣诞树已经点亮，托布勒太太把孩子们带进房间，指给他们看礼物。保利娜也收到了礼物，约瑟夫的是一盒烟，还附了一句"礼轻情意重"。托布勒尽量让这个节日显得舒适、热闹，他抽着平常的那根烟斗，眯起眼睛看着正往四下里洒落可爱光芒的圣诞树。托布勒太太微笑着，说了些得体的话，例如，这棵小树多漂亮啊。但她的嘴说起这话并不那么顺畅，总之所有的一切都有点磕磕绊绊，在场的几个人也并没有特别兴高采烈，一切都笼罩着一层忧伤。这间客房里很冷，本该充满圣诞喜悦的地方，不应该是冰冷的。所以，他们不断回到客厅去稍稍暖和一下，然后再回到圣诞树旁边。每一棵圣诞树都是美丽的，都让人不得不感动。托布勒家的树也是美丽的，只是围站在树四周的人没办法强迫自己更持久、更深入地体会到感动与欢快。

"去年您真应该在这里，那才是圣诞节！来吧，喝杯葡萄酒。"托布勒对助理说，并让他去暖和的客厅。后者露出不满意的表情，就好像他被雪茄烟搞坏了心情，但自己并不是很清楚。今年大家的心情不太适合过这样的节日，托布勒太太说着叹口气。她怯生生地提出玩一局雅斯，既然已经打了一整年，圣诞夜也不妨玩一下，也许还能让房间里的气氛变得活跃一些。于是，他们躲进了纸牌游戏里。

这时，圣诞树既无光也不亮了。孩子们被允许又摆弄了半个小时他们的礼物，然后就被打发去睡觉了。渐渐地，圣诞夜会客厅里的气氛变得像在小酒馆里似的，三个落寞的人喝着葡萄酒，有抽雪茄的，有吃糖果的，一起打着纸牌。他们的笑声和举止失去了所有还能跟节日沾点边的拘谨与特别，这已经是最日常的举止和最不节日的笑了。然而笼罩着三个打牌人的气氛却连平常的那种闲适都没有，因为——现在是圣诞节，那些从各处突然迸发出来的更细腻美好的想法一闪而过，提醒人有一种罪过，就是用这种方式将节日和节日的内容悉数破坏，使它们失去意义。

是的，这是三个落寞的人，助理最甚，他觉

得自己仿佛从天而降成为这房子的一部分，并且现在正逐渐失去这个身份；他不能像托布勒先生那样，认为自己有权在这栋房子里做什么或阻止什么，或绕开想绕开的东西，这并不是他自己的房子。他既然已经在这样的一栋房子里，跟这样一个市民家庭在一起，他就想要拥有一次圣诞节，过一次这个节日；因为他在过去的若干年里一直认为，自己应该会为缺少这样的经历感觉伤心，也因为他是三个打牌的人中情绪最不好的，并且觉得这样做非常不对。

"这就是圣诞夜吗?"他心想。

主妇突然说，在圣诞节打牌还是不太合适，在他们父母家里绝对不可能这样。像今天晚上这样泡酒馆似的消遣，其实是很不得体的。

这让托布勒不高兴了，他说："那就别打了!"

他把牌扔在桌子上喊道：

"是的，在圣诞夜做这种事不合适，但这是个什么圈子，就咱们这几个人? 咱们是什么? 明天早上的一阵风就能把咱们几个人扫地出门。是的，有钱的地方还有玩乐，还可以过节，过神圣的节日。得是富裕的地方，才有幸运、成功和常见的家庭之乐。怎么会有人连续三个月，甚至花更长时间为毕生事业的成功操劳，最终徒劳无果，现在却突然想过个愉快的节日？怎么会有这种事？我说得对不对，马蒂？啊？"

"不全对，托布勒先生。"助理说。

漫长的沉默，沉默的时间越长，越没有人敢打破。托布勒想说说广告钟，妇人想说说朵拉，约瑟夫想说说圣诞节，但三个人都压制住了自己的想法，三个人的嘴就好像都被缝上了一样。突然，托布勒喊道：

"赶紧张开你们的嘴，说句话啊，这也太无聊了，还不如去酒馆。"

"我去睡了。"约瑟夫说着告辞。另外两个人也上楼去。圣诞夜过完了。

新年前的一周平静地过去了，而且舒服得很

奇怪。生意毫无起色，没有什么可以做的，除了不时在账房里接待一个奇怪的人。这是个动力机的发明者，这个怪人一半像农民，一半像大城市来的。这周他几乎每天都来托布勒别墅，催促别墅的主人将他留在办公室里的天才作品变成商品。大家嘲笑这个人，对他做的事嗤之以鼻，但托布勒在一次吃午饭时对大家说："不要这样嘲笑他，这个人根本不笨。"

这位动力机发明家对自己大脑孕育出的这个孩子非常迷恋，几乎将它夸到了天上去。这事为大家提供了很多谈资，正好给这安静而倦怠的一个星期增加了些不错的消遣。这个怪人根本没受过什么正儿八经的教育，说起话来既像个年轻的梦想家兼农民，又像是集市上的摊主。有一天，他竟向托布勒先生建议说，可以在小城镇和大城市里公开展出这台动力机，摆在那种大家喜欢闲逛的地方，让大家买票观看。他的这个想法让大家笑得止不住。

托布勒又得帮助一个看似非常有天赋的人，免得他沦为五金工场的工人，精神变得松散懈怠。

但是他自己呢，托布勒先生，他怎么办？什么地方有乐于助人，也愿意帮助他的人？

"所有人都来找他，"托布勒太太说，"找人帮忙的时候，大家都会想到他。所有人都尽情利用他和他爱好交游的天性，他谁都帮。他就是这样一个人。"

这一周，助理在寒冷但非常美丽的冬日世界和美景中散步，有时长有时短。那里有乡间公路上硌脚的车辙，延伸向山脚的冻得梆硬的草地，放在嘴前哈气的冰凉、通红的手，迎面而来裹着厚大衣的人，陌生的地方突然降临的夜，或者修在曾经很体面的公园鱼塘上的冰道，在上面滑冰、摔倒的人有男有女，年龄各异，他们发出的声音摹画出冰道的样貌。然后，他突然又回到了托布勒家的房子前，仰视着它，看到冰冷的月给它施加魔法。昏暗不明的云在房子周围飘转，像一群高大、哀伤，同时又很亲切的女人，她们似乎想将房子拉向高处，好让它融化在那里。

房子里安静得出奇，连希尔薇都没出声。托

布勒家的道德与不道德似乎都心满意足，默默地结成了兄弟关系。会客厅里，妇人坐在摇椅中，或是在干活，或是读书，或是把朵拉抱在怀里，什么也不做。

"夏天您在花园里推我荡秋千那次真美好啊，马蒂!"有一回她这样说。她想念花园，不知道有多想念。那一切似乎都是很久远的事了。约瑟夫来了半年，但她觉得似乎他已经在这里很久了。这样的事真容易让人动情。

她看着灯，望向灯的目光似乎在叹息。她说:

"马蒂，您过得其实很不错，比我丈夫和我好得多，不过我并不想说自己。您可以离开这里，装好自己的几样东西，坐上火车，去您想去的地方。您在哪儿都能找到职位，因为您还年轻，站在别人面前的时候，也会让人觉得您很能干，况且您的确很能干。您不用依靠这个世界上的任何人，不用理会他们的特点或需求，没有人阻碍您到广阔和未知中去。那或许会很艰苦，但又会多么美好，多么自由。只要您愿意，只要那一点点还不算太寒酸的条件允许，您就可以走，并且在您认为合适的时候，随便找个固定的点或固定的地方落脚，会有谁，会有什么想阻止您这样做，能够阻止您这样做？您也会有不开心的时候，但谁又不是呢？也会有绝望的时候，但哪个灵魂没有经历过困难？您没有被任何天长地久捆绑，没有被任何条条框框约束，没有被任何温情脉脉束缚、羁绊。您一定会有想要纵情奔跑、跳跃的时候，能够看到自己是如何充满了自由活动的可能。而且您是健康的，应该也不缺乏胆量，我能够想象，虽然您经常表现得很胆怯。也许是我不知感恩，一直以来，我跟您都是很能友好、长久、平静地聊天的，您能碰巧来到这个家或许是非常正确的，我经常对您很不好——"

"托布勒太太！"约瑟夫用请求的语气说。她截断了他的话头，继续说道：

"不要打断我，请让我借这个机会给您提个建议，假如有一天您要离开我们——"

"可是我根本没打算离开啊！"——

她继续说道：

"——离开我们，打算自己干的话，不要像我丈夫这样，千万不要。最关键的是要更机灵些！"

"我不机灵。"助理说。

"您难道要一辈子做雇员吗？"

他说自己不知道，他对未来的事不太关心。她又接着前面的话继续说道：

"不管怎样，您在山上这里见识了一些，记住了一些，也学会了一些事，假如您愿意使点劲睁大眼睛，以我对您的了解，您会那样做的。您多积攒了一些经验、知识和规律，也许有一天，所有这些都能用得上。是不是，有时您的话会被生硬地打断，您也承受了些压力和委屈。都是不得已！我一想到——唉，简单来说，我感觉您很快，很快就要离开我们了。不，别说话，您最好什么也别说。咱们大概还能够在一起待几天，是吧？您觉得呢？"

"是的。"他说，想不到更多的话。

第二天，他把圣诞节收到的那盒烟寄给父亲，并附上了下面这封信：

亲爱的父亲：

这是一份小小的新年礼物。雪茄是我现在的主人在圣诞节时送的，你会喜欢的。烟很好，你能看到我尝了两根，因为里面缺了两根。如果用今天跳跃的思绪将缺失的两根烟比作我性格上的两个缺点，那我非常清楚它们是什么：第一，我从来不给你写信；第二，我很穷，穷到从来没钱寄给你。这两个缺点真是要让我落泪，如果我可以落泪的话。你过得怎么样？我想，我不是个好儿子，但我也非常确定，如果写内容并不让人愉快的信也有意义的话，那我也可以成为儿子中的好儿子。让人真心感到需要努力奋斗的生活，让我至今不能够拥有你的好感。再见，亲爱的爸爸，祝愿你健康，胃口好，新年有个好开端。我也会努力如此。

你的儿子约瑟夫

"他已经是个老人，却依然在忙生意。"他心想。

托布勒跟法律顾问面谈的结果是，法律顾问给托布勒老夫人写了一封言辞激烈的信，而那位坚定的老夫人只是回答说，儿子有权要求的剩余财产份额早已用完，现在，如此高龄的她都被迫要考虑余下的日子如何度过，所以不可能再给卡尔·托布勒任何钱了。这个人，她几乎想要说，这个可惜是自己儿子的人，能够做的只有承担莽撞行事和欠缺考虑造成的后果。他投资的那些生意并没能让她看出任何可以盈利或者生存下去的迹象，现在应该做的是放弃长庚星的房子，托布勒已经到了要赶紧回归俭朴生活的时候，应该在这种生活的逼迫下像其他人那样去工作。对他来说，最好的方式就是留在自己酿的这碗苦酒里，从自己制造的困境中得到教训，而不要再期望从她这个母亲这里得到什么。

托布勒从律师那里拿到了母亲回信的誊抄件。看完之后，他气疯了，表现得就像一头野兽，嘴里对母亲尽是不该有的辱骂，而且仿佛她在眼前似的直接对着脸骂，随后又跟之前那次一样，瘫软了下去。

这件事发生在年前最后一天的技术办公室里。这里已经被迫见证了许多恣意放纵的场面，这天，约瑟夫不得不再次成为一个尊严扫地、让人难以置信的场面的听众和观众。那一刻，他真恨不能马上离开，但是"何必着急"，他心想，"反正早晚有那一天"。对托布勒，他同情，瞧不起，同时又害怕，这是三种让人很不舒服的感觉，每一种都自然而然，却又都不合理。他为什么还要继续做这个人的雇员？为了拖欠的薪水？这也是一个原因吧，但还有其他原因。一个更重要的原因是，他从心底里爱着这个人，只这一种感情的纯粹就足以让人忘记其他三种留下的污渍。就因为这一种感情，其他三种也越来越强烈，几乎从一开始就是。但凡是人喜欢的，让人有从属感和归属感的，人自然就会关心，会跟他吵架，会对他有很多不满，有时还会非常痛恨，而这恰恰是因为他始终被这个人强烈地吸引着。

这一年的最后一天，天气突然变得十分温和，冬天的世界似乎正在融化，静静地流下高兴的泪水。曾经的冰和雪，现在变成了欢快、温暖的水，顺着山崖和小丘流下，汇进湖水中。流水潺潺，水汽蒸腾，仿佛一个春日突然误入了隆冬时节。阳光真好！完全像是五月的天。今天，助理胸中本就格外活跃着美好和痛苦这两种情感，好天气更加刺激了它们，让它们既平静，又非常不平静，以至于去邮局的时候，他竟感觉这是自己最后一次走这条美丽的路，最后一次走在这些熟悉、可爱的树下，最后一次经过所有那些不论冬夏看上去都让人愉快的事物与面孔。

他走进巴赫曼公司，打听已经十天没见过的维西希，他想跟维西希在新年前夜愉快地见个面。

维西希？他早就离开了，那个人根本没法用，他几乎从早到晚都醉醺醺的。

约瑟夫道了个歉，离开了那家公司。"竟会这样。"他心里想着，迈着缓慢的步伐走向邮局。邮箱里躺着他的魏斯太太寄来的一张新年贺卡，这个善良的女人在卡片上祝他幸福、成功。他笑了，关上信箱的门，转身回家，这次走的是乡间公路的方向。经过路边的"玫瑰"酒馆时，他看到维西希在里面。维西希坐在一张桌旁，绝望至极地用手撑着头。这个痛苦的男人脸色像死人一样惨白，衣服脏兮兮的，目光中毫无生气。

约瑟夫走上前，跟他的上一任坐在一起。两人没说什么，意识到不幸的时候，人通常找不到话说。助理使劲喝酒，这也是为了能从心里到头脑都更接近这个伙伴一点，他觉得在这里，冷静和理性几乎是不合时宜的。他让对方讲讲是怎么又从好的生活境遇中被丢出来的，时间就在这讲述中流逝。

"来，维西希，咱们出去走走。"约瑟夫听完之后说道。他们付了钱，脚步比较稳的那个搀扶着摇摇晃晃、绝望的那个。已经是下午了，他们一起先朝前走了一段，然后沿着亲切的草地往山上走。到处都暖洋洋的。如果身边是一个孩子、一个姑娘，或是一位美丽的淑女，那他能多么愉快地聊天、说笑。假如还能半推半就地被允许接吻，比如在山上的某条长椅上，假如是能聊天的人，比如说跟某个兄弟，又假如维西希是一个稳重、见多识广、好脾气的中年人，那就既能一起笑，也能严肃而平静地说说话。然而，如果看看维西希，那真会让人心中生出对这个世界的环境与命运的恼怒，因为他的样子并不让人舒畅。

约瑟夫想到了托布勒一家，心沉了下去。他怎么会想到未经允许就把工作和那个家扔下整整半天？他严厉地批评自己。

现在，他几乎有了一种神圣感，仿佛周边的景色都在祈祷，那样友好，带着各种淡淡的、蒸腾的大地的色彩。绿色的草场从雪下面露出笑容，而雪已经被阳光分割成一个个白色的斑点或小岛。天色暗下去，他也没有了那个不该跟维西希一起散步的想法。

这是对的！他做的是件好事，他能清楚地感觉到这一点。不能丢下这个不幸的人不管。突然间，这个酒鬼的身形与周围的环境和昏暗的天色极好地相互融合。有人家点上了灯，各种色彩已经不见，只剩下一些柔软、宽广的轮廓。他们往家走，奇怪的是，两个人不约而同地走上了通往托布勒别墅的那条路。

托布勒不在家，妇人坐在客厅里。一片昏暗，她独自一人，屋里还没有点灯，保利娜和孩子们还在外面的某个地方。看到这两个披着夜色不告而来的人，她吓了一跳，但很快就稳住情绪，点上了灯，并问约瑟夫今天为什么没有回来吃饭。这让托布勒很不高兴，他生气了，她担心可能又会发生什么让人不愉快的事。

"晚上好，维西希，"她对另外那个人说，并将手伸过去，"您好吗？"

"嗯！还行。"那个人说。约瑟夫接过话来：

"托布勒太太，能否允许我今天晚上留这个伙伴在塔楼过夜？我想，他找睡觉的地方有些困难，除非是在山下的'玫瑰'，但我会尽力避免让他在那儿过夜。维西希丢了他刚找到的那份新工作，是他自己的错，他自己清楚。他把钱都用来喝酒了。

如果他现在跌进湖中，那么他所做的不过是一件让那些生活无忧的人耸耸肩的事，但也是一件可怕的、无法再弥补的事。他是个酒鬼，差不多是无药可救，我毫不避讳地在这儿说这番话，甚至是当着维西希您本人的面。在这样的人面前不需要再考虑是否得体，已经没有什么姿态可维持，但他也不必今天就走向毁灭。至于我，我毫无顾虑地把他当成自己最好的朋友和伙伴带回来，回到这个我作为工人干活，作为居住者被人熟知的地方。现在，我还要跟他出去一下，因为在新年前夜，没有必要把自己干巴巴、毫无乐趣地关在房间里，我想跟这个前任一起安静而得体地用喝酒的方式度过这个夜晚。今天所有的人都是这样做的，因为他们认为自己可以这样做。然后我会跟维西希一起回到这里，让他跟我在楼上的房间里过夜，不管托布勒先生会不会不高兴。我想跟您，尊贵的太太，提前打个招呼。看过了我这个同伴的不幸，这段时间以来让我愤愤的很多事，现在都让我内心坦然而平静。我可以深深地、毫无忧虑地、温柔地盯着未来生活的眼睛，我现在非常相信自己不多的一点力量，比起那些虽然拥有装车者的健硕、推车者的能力，自己却不相信或者根本不知道的人来说，我确实要强得多。晚安，托布勒太太，感谢您能发善心听我说这番话。"

托布勒太太跟两人道了晚安，孩子们恰好在这时回来了。"维西希来了。"他们用清脆愉快的声音叫了起来。维西希只好跟他们每个人握了手，在场的所有人都有种奇怪的感觉，似乎维西希又重新成为托布勒家的一分子，又像是他在离开的这段时间里一直就是这家的人，仿佛他只是去了另一个房间，在那儿看了一本洋洋洒洒、惊心动魄的书，仿佛他只是离开了一两个小时，孩子们再见到他的喜悦很好地说明了这一点。

妇人本打算摆出一张严肃冰冷的脸，但也恢复了亲切和惯常的愉快。她对已经走到外面花园里的两个人说，他们还是应当适度，不要让饮酒和庆祝太过分。维西希当然可以在这里过夜，他以前就是这家的人。她会跟自己的丈夫说一声，免得他找事。

"晚安，托布勒太太，再见，朵拉，再见，瓦尔特!"从约瑟夫嘴里朝房子传出这样的喊声。

山下，巡道工在自己的小房子里唱歌，那个温暖的男声非常适合这个温和的夜晚。那首歌的曲调平稳均匀，听上去仿佛能够一直唱过旧年，唱进新年，并且穿过新的一年。

约瑟夫·马蒂和维西希沿着乡间公路慢慢朝村里走去。

假如我们要讲这两个结伴过新年的人一整夜在村子里做了什么，去过哪些酒馆，喝了多少杯酒，一起说过什么话，那就会将重要的和关键的变得不重要、不关键。他们说的话，就像是同伴之间会说的那些话，他们做的事，也就是人们在新年前夜常做的那些事，这意思是说，他们是慢慢地，因此也更加愉快、更加目标明确地进入醉酒状态的。在贝伦斯魏尔众多酒馆中的一家，他们遇见了托布勒。托布勒跟朋友坐在桌旁，很奇怪的是，他们在谈论的是宗教问题。约瑟夫用还能用的耳力听到他的上司在喊着，他是按照宗教的原则教育孩子的，但他自己什么信仰也没有，一个人成长为男人之后，就会发生这种事。由于工程师过于沉浸在激烈的谈话中，所以并没有太注意到他的现雇员和前雇员。

十二点，钟声响起，四处回荡，如雷声轰鸣般响亮地宣告着新年的到来。湖岸广场上在演奏乡村乐曲，男声合唱协会的合唱陪伴、接替那乐曲。很多人围站着，火把照亮了那些人的脸颊，这是夜间的音乐会。在观众和听众里，约瑟夫看到了跟托布勒交好的那个保险经纪人，也看到了技术产品公司最可怕的敌人，那个愤怒的园丁。

这个晚上，酒馆老板们生意极好，比平常几个星期加起来都挣得多。有些全年都只喝啤酒的人，也会在这一天来瓶好葡萄酒，还有些人会消费一下平常不消费的东西，因此产生了许多肥美的账单，而且都是直接付现金。

托布勒太太由保利娜陪着，也来听午夜的音

乐会。她安静而羞怯，跟其他女人投过来的放肆眼神正好相反，那些女人因为能让她尴尬而无比喜悦。今天，她是一个不太受人尊重，也不太招人喜爱的孤独女人，但是她挺住了。

上午已经很晚的时候，塔楼卧室里的两个脑袋醒了过来，还没有完全睡够。天已经大亮，十一点，十一点半了，已经接近中午。马蒂和维西希赶紧穿好衣服下楼去。托布勒先生早已站在办公室里，看到那个睡过头的人，还有那个不请自来的人，他怒不可遏，几乎要动手揍约瑟夫。

"您不仅，"他喊道，"昨天跑出去整整一天，夜里也在外面闲逛，没有一句道歉的话，也不打声招呼，还肆无忌惮地把新的一天也晃掉一半，睡大觉，放肆至极。也许楼下的办公室里没什么重要的事要做，这我承认，但也很有可能会有人为生意的事来，如果女佣不得不告诉来的人，那个无赖雇员还在楼上自己的狗窝里睡大觉，他会怎么想？您别说话。您该庆幸我没有给您左右开弓地来两个您应得的耳光。而且您还带了个人过来，这个人如果不按照我说的，立马从这里消失，从此再不出现，我会让他尝到更厉害的苦头。你们进来的时候竟然还这么淡定，根本不像是托布勒家的雇员应有的知错态度，更像是彻头彻尾的二流子。这栋房子还是房子，我的房子，就算这里有什么摇晃不稳，也没人能把我当傻瓜、笨蛋，我的雇员尤其不能，我可是在付工资供他生活。坐到写字台那儿去，工作，写信，最后再为广告钟努力一次。拿起笔。"

助理用最具伤害力的平静语气说：

"把许诺我的剩下的工资付给我。"

他不太清楚自己说了什么，但很清楚要结束了。他没法拿起笔，因为他在剧烈地颤抖，所以他不自觉地用了能够结束一切的最有可能的办法。

托布勒已经气得失去了理智。

"马上从这栋房子里离开。滚！滚到我的敌人那里去！我不再需要您了。"

他用各种辱骂淹没了约瑟夫，起先猛烈，然后就越来越弱，最终，愤怒的语气完全变成了抱怨和伤痛。约瑟夫依然站在那儿，仿佛对全世界都充满了同情，虽然也有点同情自己，但对周围人的同情不但强烈，而且引他深思。维西希早已退到花园里等着，大狗冲着这个老熟人直摇尾巴。托布勒太太这时已经站在客厅的窗边，紧张地隔墙听着从楼下传上来的声音，同时观察着站在花园里的前雇员的一举一动。

"我写完这几封信，托布勒先生，然后就走。"从写字桌那儿传来这句话。

不要工资就走？托布勒问。

另外那个人回答说，他已经不可能再留下来，听到这话，托布勒说，恐怕这话也不是当真的。上司拿起帽子，走了。一个小时之后，助理尽量不引人注意地上楼去了他的房间，开始在那儿收拾自己的东西。他将那些微不足道，但对他很重要的东西一样样拿起来，将它们整齐而迅速地放进已经准备好的手提箱里。收拾完行李之后，他在敞开的窗边又站了两分钟，带着感恩的心看了看外面，甚至还给山下那一大片湖送了个飞吻。但他并没有仔细想自己在做什么，只是沉浸在突然不得不告辞的情绪之中。

他走到平台上，冲着维西希喊道："稍等，我马上就来。"——随后，他走下楼梯，手里拎着箱子，心怦怦直跳。

"要说再见了，我现在得离开了。"他对托布勒太太说。她问：

"出什么事了？您要走吗？"

"是的。"助理回答说。

"您离开之后，还会想起我吗？"

他弯下腰，吻了她的双手。她说：

"是的，约瑟夫，偶尔想一想托布勒太太，这不会对您造成损害。这是个跟许多人一样的女人，没有什么特别的。好了！不要再吻我的手了。去跟我的孩子们说再见吧。瓦尔特！来。约瑟夫要离开我们了。来，朵拉，跟约瑟夫握握手。来吧。好。"——

她停了一下，然后继续说道：

"您肯定能过得好，这是我的希望，也是我的祝愿，我几乎确定您会的。保持一些谦恭，不要太多，您还是要像个男子汉一样，但绝对不要暴跳如雷，不要理会最开始的那几句恶言恶语，通常言辞激烈的第一句话后面，很快就会跟来有节制的、温和的话。您要学会用安静的方式克制自己的敏感。女人每天都在做的事，男人也不能完全不理会。人世间的生活遵循的是跟家庭生活一样的规则，只不过更广大、更宽泛而已。一定不要急躁！您把自己的东西都带上了？您现在是跟维西希一起走吗？听着，马蒂，凡事不要强求，总是保持一点乖顺，这样您就能往前进了。至于我，我很快也要离开了。这栋房子完了，我们，我和我的丈夫、孩子会在城里找个地方住，应该会去个便宜的街区。什么都是能够习惯的，对不对？您还是有点喜欢我们这里的，对吗？这里还是有很多美好的。您不想跟托布勒说再见吗？"

"当然想！"助理说。她最后说道：

"我会转告他，他会高兴的。他值得您这样的宽容。他是喜欢您的，我们都是。您曾经是我们的雇员——好了，您走吧。祝您好运，约瑟夫。"

她将手递给他，然后转向孩子们，就好像什

么事都没有发生。他拿起地上的手提箱，两个人，马蒂和维西希，一起走出了长庚星。

　　来到下面的乡间公路上后，约瑟夫停了一下，从口袋里抽出一根托布勒的烟，点着，转头又看了一眼那栋房子，在心里跟房子打了个招呼，然后他们继续走下去。

SPRING 野
更具体地生长

策划编辑 ｜ 苏　骏
责任编辑 ｜ 苏　骏　　夏明浩

营销总监 ｜ 张　延
营销编辑 ｜ 狄洋意　　闵　婕　　许芸茹

版权联络 ｜ rights@chihpub.com.cn
品牌合作 ｜ zy@chihpub.com.cn

至元
CHIH YUAN CULTURE

出品方 至元文化（北京）
CHIH YUAN CULTURE

Room 216, 2nd Floor, Building 1, Yard 31,
Guangqu Road, Chaoyang, Beijing, China